表御番医師診療禄7

研鑽

上田秀人

角川文庫
19615

目次

主要登場人物

●矢切良衛《やきりりようえい》　江戸城中での診療にあたる表御番医師。今大路家の弥須子と婚姻。息子の一弥を儲ける。その後、御広敷番医師から寄合医師へ出世する。

●弥須子《やすこ》　良衛の妻。幕府典薬頭である今大路家の娘。

●三造《さんぞう》　先代から矢切家に仕える老爺。良衛の身の回りの世話から診療の手伝いまで行う。

●松平対馬守《まつだいらつしまのかみ》　大目付。良衛が患家として身体を診療している。

●徳川綱吉《とくがわつなよし》　第五代将軍。良衛の長崎遊学を許す。

第一章　異国情緒

一

東の箱根《はこね》、西の日見《ひみ》。そう称せられるのが、長崎《ながさき》街道最後の宿場日見宿から、長崎へ至る途上にある日見峠である。海に開けた山の谷間《たにあい》、長崎へはいるためには、この峠をこえなければならない。

「箱根ほどではないが、きついな」

胸突き八丁と言われた箱根も経験している。そこまでとはいかなくとも、相当身体を前に倒さないと登れない山道を、幕府寄合医師矢切良衛《やきりりょうえい》は進んだ。

寄合医師とは、勤務日の決まっていない番医師のことだ。将軍とその家族を診る奥医師へ至る研修役といわれ、天下に名の知れた医師から選ばれた。

典薬頭今大路兵部大輔《てんやくのかみいまおおじひょうべだゆう》の娘婿となった良衛は、岳父の引きで表御番医師、御広敷《おひろしき》番医師となり、さらに将軍綱吉《つなよし》の思惑もあって寄合医師へと出世、長崎への蘭学修業が許された。

「年寄りには堪《こた》えまする」

小者《こもの》の三造《さんぞう》が、額の汗を手で拭った。

「この先が峠のようでございますよ」

息も乱さず、先行していた幾《いく》が、足を止めて振り向いた。

「もう少しだ。峠に立てば、長崎の町が……」

蘭方医として蘭学の本場長崎へ遊学するのは、夢であった。その夢の町、長崎が眼下に広がる。

良衛は疲れを忘れて、坂道を駆けあがった。

「えっ……」

しかし、峠の上から見えたのは、山、山、山であった。

「どこだ、長崎は……」

良衛はしきりと首を動かして、辺りを見た。

「なにも見えぬぞ」

「まさに」

「見えないものはしかたございません」

落胆する良衛に、二人がおざなりの慰めをした。

「若先生、峠越えは、できるだけ背の低い山ですませるもの。見えなくても当然でございまする」

「むうう」

たしなめられた良衛が不服げな顔をした。

「矢切さま、まるで子供のよう」

幾が笑った。

「先に行くぞ」

少し膨れた良衛は、足を進めた。

街道は峠をこえてからも、上り下りを繰り返しながら長崎へと向かっていた。

「おおおう」

峠から一刻《とき》（約二時間）ほど下ったところで、いきなり良衛の視界が開いた。

「……長崎だ」

良衛が足を止めた。

少しだけ左に寄ってはいるが、ほぼ正面に長崎の町と海が見えた。

「若先生。やっと着きました」

三造の声も震えていた。

「…………」

声を出してはいないが、幾も興奮していた。少しだけ、目がいつもより開いている。

一度日見峠で肩すかしを喰らったぶん、感動は増していた。

三人はじっと飽きもせず、長崎の町並みを見つめていた。

「……あれが長崎奉行所か」

町の前、やや右手に大きな瓦《かわら》屋根があるのに、ようやく良衛は気づいた。

「でございましょう。長崎には、いくつかの大名が屋敷を持っていると聞きますが、さすがにあれほど立派なものは、ございますまい」

三造が同意した。

「さようでございまする。あれは立山《たてやま》の長崎奉行所でございまする。その右手に見える社が正一位諏訪《すわ》神社、並んでいるのは案禅寺《あんぜんじ》でございましょう」

幾が詳細な説明を加えた。

「詳しいの」

良衛が感心した。

「伊賀《いが》者には、全国の詳細な地図と風聞書がございます。それを任に出る前に、精読いたしますゆえ」

幾が答えた。

「覚えていたのか。江戸《えど》から長崎までのすべてを。さすがだな」

「…………」

褒めた良衛に、幾が少しうつむいた。

「急ごう。暗くなる前に宿を決めたい」

なぜか事情を訊《き》いてはいけない気がした良衛は、ふたたび足を動かした。

長崎の町は、戦国時代このあたりを領していた大村《おおむら》氏が、南蛮《なんばん》人のもたらす新文物を手に入れやすくするため、港としてこの地を開拓したことに始まる。

港ができ、ポルトガルの船が定期的に渡航してくるようになると、その持ちこむ珍品を手に入れたいと思う商人たちが長崎に集まり、元亀《げんき》のころに六か町ができた。

商人が多くなると、その奉公人、家やものを作る職人も長崎に仕事を求めてくる。

長崎は大きくなった。

一時はキリシタン大名となった大村純忠《すみただ》によって長崎はイエズス会に寄付され、外国領となったりしたが、豊臣秀吉《とよとみひでよし》の禁教令によって復帰、のち徳川《とくがわ》幕府の直轄地となった。

「この川を長崎の者は背骨と呼んでおるそうでございまする」

幾が案内した。

周りを山に囲まれた長崎は、谷間のわずかな平地に町が続いている。その町の中心を貫くように、一本の川が長崎街道から海まで通っていた。

「この川に面したところを内町《うちまち》といい、長崎の開港以来の家柄、あるいは豪商などが多く住まいしておりまする」

「となると名古屋《なごや》玄医《げんい》先生から教えられた薬種問屋西海屋《せいかいや》もこの通り沿いか」

「磨屋町《とぎやまち》でございましたか」

三造が辺りを見回した。

「それならば、ちと外れまする」

幾が首を左右に振った。

「町名も覚えておるのか」

良衛は驚いた。

「それがわからねば、探索などできませぬ」

幾がなんでもないことだと述べた。

「先生も、人の身体のどこになにがあるか、どのように血の管が通っているかは、ご存じでございましょう」

「ああ。それを知らずに外科術は使えぬ」

良衛は納得した。

「さすがに西海屋の場所まではわかりませぬが……磨屋町はこちらです」

幾が道を左に曲がった。

「しかし、また随分と橋の多いことだ」

長崎の中心を流れる川を渡らないと南北の町への行き来はできない。もっとも、江戸の大川《おおかわ》に比べると半分もないが、そこそこの川幅である。その川に、これでもかというくらい橋がかかっていた。

「この辺りが磨屋町でございますが……西海屋は……ああ、あそこに」

橋を渡り川沿いから入ったところで、辺りを見回していた幾が、西海屋を見つけた。

「玄医先生のご紹介ゆえ、もう少し大店《おおだな》かと思ったが……」

良衛は西海屋の規模が、日本一の名医名古屋玄医出入りとは思えないほどこぢんまりしていることを、意外に感じた。

「大きさだけで判断なさるのは、よろしくないかと。小店ながら、御所《ごしょ》出入りというところも京《きょう》にはございました」

三造がたしなめた。

「たしかにそうであった」

子供のころから面倒を見てもらっている三造の注意を、良衛は素直に受け取った。

「では、訪《おと》ないを入れるとしよう」

良衛は、利休茶の地に〈漢方蘭方各種薬卸西海屋〉と白で染め抜かれた暖簾《のれん》を潜った。

「御免。こちらは西海屋さんでよろしいな」

「へい。さようでございまする。ようこそのお出《い》でで。畏《おそ》れ入りまするが、初めてのご来訪でございますやろうか」

出てきた番頭らしい中年の男が、良衛へ問うた。

「京の名古屋玄医先生から、ご紹介を受けて参った。幕府寄合医師矢切良衛でござる。主《あるじ》どのにお会いしたい」

　良衛が用件を述べた。

「名古屋玄医先生の。伺っておりまする。どうぞ、そのままおあがりを。おい、濯《すす》ぎを持っておいで」

　番頭が小僧に足を洗う濯ぎ盥《たらい》の用意を命じた。

「では、わたくしはこれで」

　いつものように、宿は別に取る。幾が背を向けた。

「あのお女中さんは」

「ああ。連れなのだがな、こちらに知り合いがいるそうだ。もし、ここに訪ねてきたならばよしなに願う」

　問うた番頭に、良衛は答えた。

「承知いたしましてございまする」

　番頭がうなずいた。

「では、こちらへ」

　旅の埃《ほこり》を家のなかにもちこむわけにはいかない。良衛と三造は草鞋《わらじ》と脚絆《きゃはん》を脱がされ、足を洗われて、奥へと案内された。

「ここでお待ちを」

客間に二人を残し、番頭が主を迎えに出ていった。

「これはなんとも……」

「見事だな」

三造と良衛は、客間に置かれた調度品に目を奪われた。

「びいどろでございますか」

壊しては困ると、かなり離れたところから、三造が床の間に飾られている小瓶を指さした。

「であろうな。昔、沢野忠庵《さわのちゅうあん》先生のところで見たことがある。しかし、これほど透き通ったものではなかった」

良衛も遠くから観察した。

「それは、今年の船で和蘭陀《オランダ》から届いたものでございまする」

後から声がした。

「……西海屋どのか」

襖《ふすま》が開いて、恰幅《かっぷく》のいい中年の男が顔を出していた。

「はい。西海屋義兵衛《ぎへえ》でございまする。矢切良衛さまでございますな」

西海屋が確認してきた。

「いかにも。幕府寄合医師矢切良衛でござる」

玄関先に続いて、もう一度良衛は名乗った。

「名古屋玄医先生から、お手紙をいただきまして、お待ちをいたしておりました」

「手紙を」

「はい。三日前に届きました」

首をかしげた良衛に、西海屋が告げた。

「早いな」

良衛は目を剝《む》いた。

京から長崎まで、良衛も通ってきたのだ。三日とはいえ、先行されたことは予想外であった。

「わたくしどもは、堺《さかい》の南洋堂《なんようどう》さまとお取引がございますので」

「船か」

主の応《こた》えに、良衛は思い当たった。

「ちょうど船の便がございましたので、早かったのでございますよ」

主が付け加えた。

「堺から何日で長崎まで来られようか」

良衛は質問をした。

「さようでございますな。潮待ちなどもございますので、一概には申せませぬが、通常七日ほどで。いや、博多《はかた》で商談が入りますゆえ、もう一日はかかりまする」

西海屋が指を折って見せた。

「それは随分と短縮できる」

物見遊山ほどではないが、街道筋を見物しながら長崎まで来た良衛は、京から十三日かかっていた。

「早い代わりに、なにかありましたら、海の藻屑《もくず》でございますが」

海難に遭うこともあると西海屋が言った。

「さて、お疲れのところに、長話もなんでございまする。聞けば、長崎で蘭学を学ばれるとか」

「さよう。最新の蘭方医学を身につけたいと思っておる」

良衛が首肯した。

「となりますれば、かなり長期のご滞在になりまするな」

「一年は覚悟しておる」

西海屋の確認に、良衛は答えた。

蘭学修業には、それでもまだ短いくらいであった。なにせ、言葉から学ばなければならないのだ。沢野忠庵のもとで修業した良衛は、オランダ語を読むことはできる。だが、会話はできなかった。

しかし、幕府の官費での遊学である。さらに将軍綱吉の愛妾《あいしょう》お伝《でん》の方から、オランダの産科術を調べ、懐妊できる方法を探せと厳命されている。納得いくまでの修業は、まず望めなかった。

「となりまするとと、宿屋というわけには」

「うむ。数日の滞在ならば旅籠《はたご》もよいが、それをこえると費《つい》えがかかりすぎる」

良衛は渋い顔をした。

官費とはいえ、良衛は幕臣として禄《ろく》をもらっている。遊学のための費用は、購入した書籍の代金、師事したオランダ人への謝礼、通詞の日当くらいしか認められない。日常の費用は、禄米から出さなければならなかった。

「名古屋先生からのお手紙にもございましたので、勝手とは思いましたが、いささか手配をさせていただきました」

「それはありがたい」

良衛は喜んだ。

長崎はまったくの異境である。知人もなく、知識もない。よい滞在先を探すのは至難の業であった。また、名古屋玄医の紹介があるとはいえ、西海屋に滞在するのは、あまりに厚かましい。

「磨屋町の二筋北、新橋町《しんばしまち》の南詰めに、延命寺《えんめいじ》という真言宗のお寺がございまする」

「縁起のよい名じゃの」

医王山《いおうざん》延命寺という名前に良衛は喜んだ。

「開祖の龍宣《りゅうせん》住職が、元和《げんな》のころ長崎で流行した病を調伏《ちょうぶく》したとの謂《い》われを持ちましてな。ご本尊さまも薬師如来という、医にかかわるお寺でございまする。おかげさまでわたくしどももお出入りを許されておりまして、このたびのことも江戸のお医者さまならば、遠慮なくと、快くお引き受けいただきました」

「それはありがたい」

良衛は感謝した。

「いかがでございましょう。今日は、我が家にご滞在いただき、明日《あした》の朝に延命寺さまへお連れするというのは」

西海屋が提案した。

すでに日は傾いている。今から行くのは面倒をかけることになる。

「そうしていただけたらありがたい」

気遣いに良衛が礼を述べた。

「二階の客間をお使いくださいまし」

西海屋が立ちあがった。

長崎も京と同じく狭い町である。山が迫り、これ以上土地を拡げることができない。しかし、長崎には交易という巨大な利があった。

異国から入ってくるものは高額で売れ、こちらの用意したものもかなりの儲《もう》けを乗せても買われていく。

利のあるところに、人は集まる。長崎には、多くの人を招く条件がそろっていた。土地はないのに人が多い。当然、家は小さくならざるを得ない。とくに田畑がなく、商いで生きている人ばかりなのだ。それだけの数の店がなければやっていけない。

となれば、一軒当たりの間口は狭くなる。

長崎の商家は、京の家と同じく、縦に長く、横幅がなかった。

「お荷物を置かれたら、夕餉《ゆうげ》に参りましょう」

「よろしいのか」

いきなり訪れての歓待に、良衛は恐縮した。

「さきほど店の者を走らせておりまする。せっかく遠いところをお見えいただいたのでございまする。おもてなしするのは当然で」

気にしないでくれと西海屋が手を振った。

「しかしだな」

「長崎は、異国からのお客さまをお迎えする、我が国唯一の港。そこに住まいする者は皆、お客さまを大事にいたしまする。これが長崎気質というもので」

西海屋が笑った。

「そこまで……では、遠慮なく馳走《ちそう》になろう」

これ以上の遠慮は、かえって無礼になる。良衛は頭を下げた。

「旦那《だんな》さま、引田屋《ひきたや》さんから席の用意が調いましたと」

番頭が顔を出した。

「では、参りましょう。少しお歩きいただきますが」

西海屋が良衛たちを促した。

二

磨屋町から引田屋のある丸山《まるやま》は、南になる。延命寺や長照寺《ちようしようじ》などが立ち並ぶ寺町《てらまち》通りを南へ、元石灰町《もといしばいちよう》川を渡ればすぐである。

「こちらで」

残照に輝く海へ向かう形になった三人の足下は、まだまだ明るかった。

「寺が随分と続きまするな」

進む左手はすべて寺であった。良衛は珍しいと感心していた。

「長崎は、きりしたんの本場でございましたから」

西海屋が答えた。

「未《いま》だにきりしたんが……」

良衛は目を大きくした。

「まさか、今はそのようなことはございませんよ。それこそ、離島とか山奥ともなれば、隠れきりしたんも潜んでおりましょうが、お奉行さまの目が光っている長崎にはおりません」

はっきりと西海屋が否定した。

「ただ、きりしたんを禁じたときに、その受け皿となる寺が入り用でしたので、御上が手配された。その名残が寺町でございまする」

「それをここへまとめたのか」

「場所がなかったからでしょうねえ。長崎の町中で寺を建てるだけの土地は、まあ、ありませぬので」

寺には本堂、庫裏などの建物と、檀家《だんか》の墓地が要る。

「なるほどの」

良衛が納得した。

「…………」

その後ろ姿を、二人の男が見ていた。

「どこへ行くと思う」

ちょっとしたお店の手代らしい身形《みなり》のしっかりした若い男が隣の男に訊いた。

「こちらだと丸山だな」

少し歳嵩《としかさ》の男が言った。

「遊郭か」

「女を買うだけじゃねえぞ。丸山は」

歳嵩の男が首を左右に振った。

「西海屋の行きつけはどこかご存じで」

「知るわけないだろう。まったくつきあいがないんだ。出店《でだな》を預かっているからといって、長崎のすべてを知ってるわけじゃねえ」

若い男の質問に、歳嵩の男があきれた。

「そんな言いわけが、旦那さまに通じますかね。出店を預かる。これは売り買いだけでなく、その土地のことがらも熟知していなければ……」

若い男が嫌みな顔をした。

「ちっ」

歳嵩の男が舌打ちをした。

「丸山で太郎《たろう》さんの馴染《なじ》みはどこで」

「なぜ、そんなことを言わなきゃならないのだ」

太郎と呼ばれた歳嵩の男が、頬をゆがめた。

「あの医者たちが揚がった見世が、太郎さんの馴染みであれば、隣の部屋を手はずしてもらうなど便宜をはかってもらえましょう」

「………」

　当然の話に、太郎が黙った。

「まあ、長崎の出店を任されているていどで、通える見世は、長崎でも老舗《しにせ》とされる西海屋さんと同じであるはずはありませんか」

　にやりと若い男が笑った。

「こいつ。本店の筆頭手代ていどで、番頭格の儂《わし》を……」

　太郎が睨《にら》みつけた。

「番頭格と言ったところで、丁稚《でっち》二人しかいない長崎出店の頭。こっちは本店。わたしの下には手代一人、丁稚三人が付いてますからねえ」

「なんだと」

「ご不満ですかね。ならば、わたくしが旦那さまにお報《しら》せしておきますよ。長崎ごときじゃ、役不足だとね」

「………」

　太郎が黙った。

　本店の強みは、主と毎日顔を合わせることにある。顔を合わせれば情も湧く、信用も生まれてくる。離れた長崎では、なにか一つのことを報せるだけでも数日かかり、返事まで求めるとなれば、五日や六日は要る。また、出店を預かっている以上、気ままに本店へ出向き、主と面会するわけにもいかない。

どうしても太郎が不利であった。

「行きますよ。見失っては困ります」

足を止めた太郎を残して、筆頭手代が歩き出した。

「待て、麻彦《あさひこ》」

太郎が後を追った。


「……気づかれていないと思っているのは、あなたたちだけです」

寺の山門、その陰から忍装束に着替えた幾が、姿を見せた。

「博多を出てからずっと一人付いてきてましたが……矢切さまがなにかしでかされた様子はございませなんだ」

幾が考えた。

「博多では二泊しました。その間、矢切さまは薬種問屋を巡っておられました。それだけだったはず……」

わからないと幾が首をかしげた。

「どう見ても武家でもなく、忍でもない二人。一人は長崎から加わったお店者のよう。長崎と博多の繋《つな》がりは……悩んでもわかりませぬ。となれば、訊くまで」

幾が跳んで寺の塀をこえた。

引田屋は、寛永《かんえい》十九年（一六四二）に開業した長崎の遊女街丸山一の名見世である。

「見事な建物でござるな」

良衛は引田屋の規模に圧倒されていた。引田屋は惣《そう》二階建てで、丸山の遊郭の一角を占有する大きさがあった。

「吉原《よしわら》にもこれほどの見世はございますまい」

西海屋が吾《わ》がことのように自慢した。

「ないとはいえませぬが、これに比肩するだけの見世は片手で足りましょう」

良衛も認めた。

「お待ちしておりました」

開かれていた玄関から、男衆が出迎えた。

「お世話になるよ。大事なお客さまだ。よろしく頼む」

西海屋が念を押した。

遊郭の構造は、吉原も、京の島原《しまばら》も、大坂《おおさか》の島之内《しまのうち》も、さほど変わりはない。一階は、その場限りの快楽を求める安い客のために使われる大広間と台所、夜具などの保管部屋になっており、上客は二階へ通される。

良衛たちは、二階の最奥、障子を開ければ見事な中庭を見下ろせる最高級の部屋へ案内された。

「珍しい卓でござるな」

座敷の中央に置かれた、四人でも余るほどの大きな丸卓が良衛の目に留まった。

「まあ、まあ。腰を下ろしてお待ちを」

笑いながら西海屋が良衛に座るようにと言った。

「お出でなさいませ」

あでやかな小袖《こそで》を身に纏《まと》った遊女が三人、部屋に入ってきた。

「扇女《おうぎめ》、今日も楽しませておくれ」

西海屋が隣に来た馴染みの遊女に依頼した。

「あいな」

小柄で愛らしい遊女が小首をかしげるような仕草で応じた。

「笹女《ささめ》と八女《やめ》も頼むよ」

顔見知りの遊女にも西海屋が声をかけた。

「西海屋の旦那さまのお客さまとあれば」

「お任せを。長崎を離れたくないと言わせてみせましょう」

二人の遊女がほほえんだ。

「よしなに、お客人」

笹女と呼ばれた遊女が、良衛に身体をすりつけるようにして座った。

「ああ」

江戸を出てから女を近づけていない。また、同行している幾は、女として見るには怖すぎる。久しぶりの女の匂いに、良衛はうろたえそうになった。

「うふっ」

性を売りものにする遊女が、良衛の様子に気づかぬはずはなかった。笹女が一層笑いを深くした。

「お邪魔をいたしまする」

襖が開いて、見世の女中が入ってきた。

「おう、来たか」

西海屋が手を叩《たた》いた。

「ごめんくださいませ」

女中が手にしていた皿を、丸卓の上に並べた。

「これは……」

良衛が目を剝いた。

次々に卓上に置かれた大皿の料理は、良衛の常識をこえていた。

江戸では、家庭、宴席を問わず、料理は一人ずつの箱膳《はこぜん》で供された。たとえ、親子であろうとも、夫婦であろうとも、皿を共有することはなかった。

「これが長崎流のおもてなしでございましてな」

してやったりと西海屋が頬をゆるめた。

「女将《おかみ》、ご説明を任せますよ」

西海屋が、女中に交じって給仕に出てきた女将を見た。

「はい」

年増《としま》ながらあでやかな女将が、首肯した。

「これはなんという料理なのだ」

良衛は好奇心が強い。いきなりの洗礼にも臆《おく》することなく、大皿の料理に興味を示した。

「卓袱《しっぽく》と申しておりまする」

「……しっぽく」

答えに良衛は戸惑った。

「和蘭陀の言葉か」

「いいえ。清《しん》の言葉と聞きまする」

「清の料理か」

丸卓の上を埋め尽くす多種の料理を、良衛は眺めた。

「いいえ。清だけではございません。和蘭陀、葡萄牙《ポルトガル》、さらには西班牙《スペイン》のものも含まれておりまする」

「和蘭陀、葡萄牙、西班牙だと。和蘭陀はわかるが、葡萄牙、西班牙の寄港は御法度でござろう」

良衛はまた驚いた。

「もちろん、今はお見えではございません。まだ、御法度になる前に伝わったものだとか。わたくしもそのときにいたわけではございませんが」

「たしかにそうだな」

まだ三十歳になってはいないと見える女将の言いぶんを良衛は認めた。

「長崎が受け入れてきたいろいろなものの集大成が、これだということだな」

「さようでございまする」

良衛の認識に、女将がうなずいた。

「若先生……獣肉でございまする」

三造が料理を指さして退いた。

「お嫌いですかな」

西海屋が三造を見た。

「獣肉を食べるなど……」

三造が首を激しく左右に振った。

仏教の殺生禁止を誰もが守っていた。なぜか、鳥だけは食べていたが、猪や牛などは江戸では食べられていなかった。

「これはなんの肉でございますか」

良衛は尋ねた。

「いのししでございまする」

女将が答えた。

「猪か。三造、薬喰《くすりぐ》いじゃぞ」

良衛が安心しろと言った。

身体が虚弱な場合や、病後の回復などに獣肉を食べる。これを薬喰いといい、仏教の殺生禁止の戒律にも違反しないとされていた。

「薬喰いしなければならぬほど、身体は冷えておりませぬ」

三造が抵抗した。

「何ごとも経験だぞ」

良衛が箸《はし》を伸ばそうとした。

「ああ、お待ちを」

女将が止めた。

「まずは、お鰭《ひれ》を召しあがっていただきます」

「お鰭……」

「はい。吸い物椀《わん》でございまする。鯛《たい》を使った潮汁《うしおじる》で」

告げた女将が、朱塗りの椀を、一同の前に置いた。

「本来でございましたら、このお鰭をすましていただいてから、料理をお出しするのですが、今日はこうせよと西海屋さまよりご指示がございまして」

決まりを破ったのは、西海屋の依頼によると女将が言いわけをした。

「最初に、吸い物か。これは温かい水分を最初に入れることで、胃の腑《ふ》の動きをよくし、食欲を増進させるのが狙いだろうな」

「さすがは、名古屋玄医先生のご高弟だけのことはございますな」

西海屋が大仰に驚いた。

「勘弁してくれ。とても愚昧《ぐまい》ていどで、名古屋先生の弟子とは名のれぬ」

称賛に、良衛が照れた。

「それほどのご名医でいらっしゃいましたか」

女将が驚いた目で、良衛を見た。

「ああ。ご紹介をしていなかったね。御上のお医師衆の一人、矢切良衛さまだ。本道を名古屋玄医先生から、外道を和蘭陀流外科術の杉本忠恵《すぎもとちゅうけい》先生から学ばれた、江戸でも指折りの名医じゃ」

西海屋が述べた。

「それは随分とお見それをいたしました」

女将が手をついて頭を下げた。

「頭を上げてくれ。今は長崎まで修業に参っただけの医者じゃ」

あわてて良衛が手を振った。

「近々、延命寺で医業を開始される。なにかあれば、診てもらうとよかろう」

西海屋が加えた。

「それは結構なことでございまする。是非、お世話になりまする」

女将がもう一度手をついた。

三

麻彦と太郎が引田屋の前で戸惑っていた。

「さすがに引田屋は無理だぞ」

太郎が嘆息した。

「初見は無理ですか」

「無理じゃないが、初見で当日はまず難しい。あらかじめ言っておかないと、料理の準備ができないとかでな。相当な大店の主でさえ、断られることもあるそうだ」

「あなたでは、駄目ですか」

「揚がったことがないとは言わぬ。客を接待で連れてきたからな。顔は覚えてくれているだろう。が、西海屋と比べると差がありすぎる。多少の金を包んでも、とても西海屋の隣の部屋に通してなどくれまい」

遊郭でも名の通った見世になると、そのあたりは厳格であった。客のことを外に漏らすような見世は、すぐに潰《つぶ》される。

「引田屋を贔屓《ひいき》にするほどの西海屋だ。怒らせれば、うちの出店など吹き飛ぶぞ」

太郎が難しい顔をした。

「博多で指折りの南蛮屋《なんばんや》の出店ですよ。その辺の田舎店じゃない」

麻彦が信じられないと言った顔をした。

「博多の力は長崎まで及ばぬ」

太郎がはっきり否定した。

「九州《きゅうしゅう》一の商都博多が、長崎くらいに……」

「はあ」

いきり立つ麻彦に、太郎が肩を落とした。

「愚かだな。やはり本店しか知らぬ者は使えぬ。旦那さまもそれをおわかりゆえ、おぬしを長崎へ来させたのだろう」

「なにを言う。二十歳で筆頭手代になったわたしを馬鹿にするつもりですか」

麻彦が怒った。

「よく考えろ。長崎は御上の地だ。ここを支配しているのは長崎奉行さまだ。長崎奉行さまには、ここを支配する他に、交易の見張り、隠れキリシタンの摘発、そして西国大名の見張りが課せられている。博多の領主黒田《くろだ》さまでさえ、長崎奉行さまには遠慮せねばならぬのだぞ。そして、西海屋は長崎でも知れた薬種問屋だ。長崎奉行さまとのつきあいも深い。もし、西海屋が博多の南蛮屋はいささか、と長崎奉行さまに言えば……」

「こちらも黒田家のご家老さまを始め、ご重職さまがたと親しくしている。南蛮屋に傷などつかんわ」

「駄目だな」

太郎があきれた。

「とにかく、引田屋への登楼はあきらめろ」

「では、どうするのだ」

「どうせ、暇なのだろう。儂は店があるゆえ、いつまでもつきあってはやれぬ。おぬしが、西海屋を見張れ。西海屋に長居はすまい。あの医者坊主がどこへ移るかをな」

「なんだと。旦那さまの命令だぞ。あの医者坊主を調べよというのは」

「それは、おまえの仕事だ。儂は、あくまでもその手伝い。それにかまけて、店をおろそかにしてみろ。それこそ、大目玉を喰《く》らうわ。それを、おまえのせいにしていいのなら別だが」

「うっ……」

麻彦が詰まった。

商人にとってもっとも大切なのは、店であった。長崎の出店は、博多の本店で売るためのものを仕入れるのが役目である。それが途絶えては、本店の売りあげにも影響が出た。

「第一だな。そこまで旦那さまが、あの医者坊主を気にする理由はなんだ」

そもそもの原因を太郎が問うた。

「………」

麻彦が黙った。

「話せないのか。だと、手助けはできんな」

太郎が冷たく述べた。

「……見られたのだ」

「なにを、見られたというのだ」

小声で言った麻彦を、太郎が問いつめた。

「出島《でじま》の薬草を栽培しているところを」

「な、なんだと」

麻彦の話に、太郎が跳びあがった。

「なぜ気づかれた。あそこは、店とは離れていて、周りを民家に囲まれた中庭のようなところだぞ。容易《たやす》く見つかるような場所ではないはず」

「薬草畑が見つかったわけではない。ただ店の裏で、薬草を陰干しにしているところを見られた」

「…………」

麻彦の報告に、太郎が沈黙した。

「……陰干しにした薬草を、一目で見抜いたというのか」

「見抜いたかどうかは、はっきりしない。だが、店へ珍しい薬はないかと尋ねてきた、あの医者坊主が、陰干しをじっと見ていた。それに番頭の伊兵衛《いへえ》さんが気づいて、旦那さまに報告なされたのだ」

「伊兵衛のやつか」

太郎が苦い顔をした。

「軽薄すぎる。なぜ、あんなやつを番頭にされたのか、旦那さまも」

ひとしきり太郎が愚痴を言った。

「では、あの医者坊主がご禁制に気づいたとは限らないではないか。疑いだけで、面倒を持ちこまれたこちらの迷惑も考えろ」

太郎が腹を立てた。

「旦那さまがそうしろと仰せられたのだ」

麻彦が抗弁した。

「……まったく」

小さな舌打ちを太郎がした。

「藪蛇《やぶへび》になるぞ。うかつなまねをするな」

年長者として太郎が麻彦に釘《くぎ》を刺した。

「わたしが愚かなまねをするはずないでしょう」

強烈な自負を麻彦は見せた。

「なにごともなく終わるのが、最高なのだ。あえて凪《な》いだ水面に手を突っこむな」

太郎がもう一度忠告した。

「その覇気のなさが、伊兵衛さんに抜かされた原因だとまだわかりませんか。南蛮屋は、いつも攻め続けることで店を大きくしてきたのです。石橋は叩かなくても渡れる。そうした者だけが出世していける。商いとはそういったもの」

若い麻彦が反論した。

「おまえの浅い考えで……」

言いかけて太郎は黙った。

「………」

麻彦がすさまじい目つきで、太郎を睨んでいた。

「わたしの邪魔をしないでいただきますよ。今度、旦那さまは大坂へ店を出されるおつもりでいらっしゃる。それもここ長崎の出店のような、店とは名ばかりの仕入れ手段ではなく、薬の町として知られている大坂の道修町《どしょうまち》に斬りこむような大店。その大坂店を、わたくしに任せてもよいと、旦那さまは言ってくださったのだ」

「馬鹿な……こんな若造に」

目を光らせて語る麻彦に、太郎が嫉妬《しっと》した。

「わかったかい。うまく協力したら、大坂の店で番頭をさせてやる。こんな商いもできない小店を預かるより、大坂の老舗薬種問屋相手に腕を奮うほうがよいぞ」

麻彦が勧誘した。

「………」

太郎が黙った。

遊郭とはいえ、かならず妓《ぎ》と床を共にしなくてもいい。

「寺院に挨拶《あいさつ》に出向く前日に、遊女を買うというのはいかがでしょうや」

「気になさいませんよ。延命寺のご住職さまは、豪放磊落《らいらく》なお方でございまするから」

大丈夫だと西海屋は保証したが、良衛は遠慮した。

「では、わたくしも泊まれませんな。扇女、今夜は残念だが」

「あい。お久しぶりでございましたのに」

扇女も寂しそうな顔をした。

「また来る。では帰りましょう。女将、いつものようにね」

西海屋が勘定を店に回してくれるようにと頼んだ。

「馳走になりました」

「お楽しみいただけましたかの」

良衛たちは、宴席を楽しんだ後、西海屋へと戻った。

「では、今宵《こよい》はお休みなさいませ」

西海屋は良衛たちを客間に案内して、さがっていった。

「どうであった、三造」

用意されていた夜具に横たわりながら、良衛が問うた。

「いや、ところ変われば品変わると申しますが、長崎はこれほど、江戸と違うとは」

三造が感心した。

「吾《われ》も驚いたわ。あんなに甘い料理は初めてであった」

良衛も感嘆していた。

「高価な砂糖を惜しげもなく使っている。甘しは美味《うま》しというのは、まさにその通りであるな」

卓袱は、どの料理も甘かった。

「わたくしは慣れませぬ」

三造が首を横に振った。

「江戸では、まず砂糖など口にできぬからな」

良衛も三造の気持ちを理解していた。

人の味覚というのは、幼児のころに決まる。生まれ育った土地の水、空気、母の料理、これらが最初の刺激として脳に送られ、深く刻まれる。

生活のため、江戸や大坂へ出て、そこで人生の大半を過ごした者でも、晩年は故郷へ戻りたがるのは、その深い記憶によるところが多い。

江戸は、武家の都である。そこで生まれ育った良衛と三造には、江戸の味が刻まれていた。

田を耕さず、ものを作らない武家は、消費者でしかない。秋に年貢で取りあげた米で一年間生きていかなければならないのだ。当たり前のことだが、食べれば米は減る。そして、人にとって増えるのは目にわかりにくく、減るのは目立つ。

残りの米を、もう半分しかない、いや、まだ半分もあると考えるか。心の持ちようであるが、ほとんどの者はもう半分まで減ったと落ちこむ。それが人というものである。となれば、どうするか。少しでも減るのを遅くしようと倹約するのだ。

武家はそうして生きてきた。なくなれば奪えばいい。これこそ武士の本分であると言えるのは、乱世だけであり、泰平の世では罪になる。

結果、江戸は食生活にかんしては貧しい。一匁《もんめ》（約三・八グラム）で何百文もする砂糖を買うくらいならば、米を一升買う。江戸の食事に甘いものはなかった。

「最初の一口は美味いのだ。甘みというのが、人の味覚の基本であると名古屋玄医先生から教わったが、まさにその通りだとわかるほどにな」

良衛は今日の食事を思いだしていた。

「とうば煮といったか、猪の煮物も口に入れたとき、獣臭さよりも甘みが先に来て、これはいけると思った」

「はい。意外と食べられるものでございました」

獣肉だと嫌がっていた三造だが、主である良衛が口にした以上、食べないわけにはいかなかった。食べなければ、招いてくれた西海屋の顔を潰すことにもなる。

決死の表情で猪肉を口に入れた三造だったが、味わうと顔をほころばせていた。

「だが、三口、四口と進めるとなあ」

「…………」

二人は顔を見合わせた。

食べ慣れていないものを口にすると、最初は物珍しさから美味いと感じていたものも、そうでなくなっていく。

「今回、旅をして思った。街道筋の宿場の飯は美味くない。京、大坂、博多、長崎に比べれば、江戸の飯はその種類、見た目、いずれも劣る」

「……たしかに」

「だが、食べ慣れた味こそ、舌に馴染む」

「はい」

三造も同意した。

「自炊するしかないが、道具立てが面倒だな」

「寺に間借りするとなれば、台所を使わせていただけますのかも気になりまする」

長期の滞在で金をできるだけ節約するには、自炊するのが確かである。かといって、自炊にも問題はあった。

まず、竈《かまど》が使えるかどうかであった。

「幾ばくかの薪《まき》代を支払えば、竈は使わせてもらえようが……寺の庫裏に余分な竈はあるまいな」

良衛が腕を組んだ。

寺院は質素を旨とする。檀家や信者のお布施で生きている僧侶《そうりょ》が贅沢《ぜいたく》をするわけにはいかなかった。一汁一菜が寺の基本であった。つまり、竈は米を炊くものと、汁を作るもの、菜を煮るものと三つあればいい。

「買うわけにも参りません」

竈は台所に作り付けになる。土を練っては乾かしを繰り返すこともあり、頼んで今日明日どうにかなるものでもなかった。

「今戸焼《いまどや》きが売っていればよいのですが……」

三造が希望を口にした。

今戸焼きは、江戸の今戸で戦国のころから続く土器である。そのなかに箱形の火鉢があり、炭を使っての煮炊きができるようになっていた。

「長崎で今戸焼きか。ずいぶんな難題だな」

良衛は苦笑した。

「長逗留《とうりゅう》した京でも十日はいなかった。だが、長崎は住むに近い。食事のことは疎《おろそ》かにできぬ」

「明日にでも、西海屋さまにお願いしてみましょう」

「頼む。吾は長崎奉行所へ挨拶に行かねばならぬ」

三造の申し出を了承した良衛が嘆息した。

寄合医師は旗本であった。旗本は、地方に赴任する以外で長期滞在するとき、その地の支配役に顔を出すのが慣例であった。長崎はとくにこれがうるさかった。なにせ長崎は、幕府御法度の隠れキリシタンや抜け荷が多いところとされている。ここに届け出もなく滞在していれば、疑われてもしかたがない。

　また、無断で滞在していることがばれたとき、長崎奉行の失政を探りに来た隠密《おんみつ》と勘違いされ、さらなる面倒になった。

　幕府役人のなかでもっとも役得の多い長崎奉行である。長崎奉行を一度やれば、三代裕福とまで言われているのだ。なりたい者はそれこそ山のようにいる。だが、長崎奉行の定員は二名と決まっている。まずその席は回ってこなかった。だからといって、指をくわえていてはどうしようもない。そこで、無理にでも席を空けさせようと考える輩《やから》が出た。

　長崎奉行の粗を探して左遷させ、その後釜《あとがま》に座る。そのためには、長崎まで手の者をやらなければならなくなる。長崎には、結構な数の隠密が入っていた。

　もちろん、長崎奉行にしてみればとんでもない話であった。金と伝手《つて》を使い果たして、ようやく得た長崎奉行の座を、そうそう奪われてはたまったものではない。

　長崎奉行はその持てる権力を使って、隠密をあぶり出そうとする。見つかった隠密の末路は決まっていた。依頼主を自白しようがしなかろうが、人知れず葬り去られる。隠密を出したほうも文句は言えない。言えるわけなどなかった。隠密に身元の保証はないのだ。

下手をすれば、隠密ではないかと疑われただけで、始末されることもある。それを防ぐには、長崎奉行のもとに自ら出向いて、挨拶をして顔を見知ってもらうのがなによりの方法であった。

「では、もう、休もう」

宴席での酒も回っている。良衛は夜具にくるまった。

四

長崎奉行は千石高、役料四千四百俵で、もともとは一人であった。異国の船が来航する六月に赴任、帰国する十月に江戸へ帰るを繰り返していた。しかし、天草《あまくさ》の乱が起こったことで、西国監視の重要さを認識した幕府は定員を寛永十年（一六三三）二人に増やし、一年交替で長崎在任とした。

身分は布衣《ほい》格、芙蓉《ふよう》の間詰め末席で、遠国《おんごく》奉行の最下級とされていた。歴代奉行のなかには、豊後府内《ぶんごふない》藩二万石の藩主竹中采女正重義《たけなかうねめのかみしげよし》もいるほど重要な長崎奉行の地位が低いのには理由があった。

長崎奉行は異国人の相手も務める。もし、長崎奉行の格が高ければ、その応接する異国人も、それなりの扱いをしなければならなくなる。つまり、異国人を、せいぜい布衣格という低級旗本と同等とし、老中や若年寄が軽く扱えるようにするためであった。

「川口源左衛門宗恒《かわぐちげんざえもんむねつね》である。おぬしが寄合医師矢切良衛か」

立山役所を訪れた良衛を、川口宗恒が機嫌良く出迎えた。

「わたくしのことをご存じで……」

良衛が首をかしげた。良衛は川口と会った記憶がなかった。

「江戸の柳沢《やなぎさわ》どのより、書状が届けられておる。典薬頭今大路兵部大輔どのの娘婿で、上様のお覚えもめでたい名医じゃそうだの」

川口が述べた。

「柳沢さまが……」

己をこき使った大目付の松平対馬守《まつだいらつしまのかみ》と柳沢吉保《よしやす》がつながっていることを良衛は知っている。ただ、わざわざ長崎奉行にまで、便宜を図るよう手配をする理由がわからなかった。

「蘭学修業のために長崎へ、御上の許しで遊学に来たとのことだが」

「はい。つきましては、出島への出入りをお許し願いたく」

良衛は深く頭を下げた。

長崎に来た目的は、最新の南蛮医療を身につけたオランダ人医師から、知識と技術を学ぶことである。しかし、オランダ人は、出島から出られない決まり。となれば、良衛が出島へ行くしかなかった。

「最大の便宜を図ってくれと柳沢どのより言われておる。出島への出入りは認めよう。ただし、他の者への示しもある。宿泊はならぬぞ。あと、和蘭陀人の食事を口にすることも遠慮せい」

「はい」

学問をしにきたのだ。オランダ人の生活を知るのに役立つだろう泊まりも食事も興味はあるが、どうしてもというものではなかった。

「もう一つ。切支丹の教えを聞いてはならぬ。和蘭陀人も心得てはおるようじゃが、かぴとーる（商館長）あたりは大丈夫でも、下役や船員のなかには、我らの前で十字を切る者もおる。そのようなときは、その場からただちに立ち去ること。よいな。決して切支丹の祈りを最後まで聞いてはならぬ。もし、おぬしが切支丹の祈りに耳を傾けていたとの訴人があれば、出島への出入りは即座に禁止、ただちに江戸へ送還となる。宗門改役にもその旨を報告することになる」

厳しく川口が釘を刺した。

「承知いたしております」

注意の重さに良衛は緊張した。

宗門改役は大目付支配の役職である。キリシタンの探索と捕縛、取り調べなどを任としており、宗門奉行とも呼ばれていた。もし、宗門改役に疑いをもたれ、取り調べを受けるようなことになれば、たとえ無罪になっても寄合医師の職は失う。

「次に、和蘭陀人と長崎地人との間を取り持ってはならぬ。これは通詞と丸山の遊女のみの特権である」

川口が続けた。通詞は、オランダ人との通訳をおこなう者で、長崎奉行の支配を受けた。

出島は、埋め立てて作られたという経緯もあり、その周囲を海に囲まれた隔離場所である。たとえ漁師の小舟でも、出島に近づくことは許されていない。

出島は一本の通路だけで陸へと繋がり、そこを出入りできるのは、長崎奉行の認可を受けた者だけで、唐物商人といえども、出島のオランダ人との直接交渉は禁じられていた。すべての商行為は、通詞を介さなければならない決まりであった。

ただ、その抜け道として、丸山の遊女を使う手があった。

もっとも丸山の遊女ならば、誰でもよいというわけではなかった。丸山の遊女のなかで、唐行きと呼ばれるオランダ人、清国人の相手を専門とする者だけが、出島へ入れた。

唐行きとなれば、日本人の相手はしない。異国から持ちこまれる病の伝播《でんぱ》を怖れたというのは表向きの理由で、そのじつは異人の抱いた女など汚らわしいと客が嫌がるからであった。

「通詞はわかりまするが、遊女にもそのような特権が」

良衛は驚いた。

「言うまでもないが、公のものではないぞ。目こぼししているだけじゃ。そうでもしてやらぬと、唐行きという異国人相手の遊女になった者が哀れだからの」

川口が説明した。

「遊女をずっと続けることはできぬ」

「はい」

遊女はその身体を商売道具にする。当然、若くて美しい女が人気となり、年齢を重ねた遊女は呼ばれなくなる。江戸の吉原では遊女の定年を二十八歳と決めている。二十八歳になった遊女は、形だけとはいえ解放され、新しい人生を歩むのだ。

丸山に定年はないが、三十歳をこえるとなかなか難しくなる。大概の場合、この年齢になるころには、借金も少なくなり、身請けされやすくなっているため、馴染みの客に落籍《ひか》されて、妻になったり、妾《めかけ》として囲われたりして、丸山を去っていく。

「唐行きには、普通の遊女としての道はない。誰も異人の精を受けた女を妻に迎えようと思わぬからだ」

「はあ」

良衛にはよくわからないことであった。オランダ流外科術を学んだ良衛である。オランダ人と日本人の違いが見た目だけであると知っている。内臓の位置、数など、何一つ変わらないのだ。沢野忠庵の門下にいたころ、同門の弟子が、異人と呼ばれる者たちの絵姿を見て、青い目が気持ち悪いだとか、金色の髪がどうだとか言っていたのも知っている。だが、異人のなかにも黒髪はいたし、茶色の瞳《ひとみ》もいる。患者として診たとき、異人も日本人も同じでしかない。

「だが、それでは、唐行きになった者の末路が哀れであろう。唐行きの揚げ代は高い。ゆえに借財の返済も早くに終わる。が、そこから先がない。借財が消えたからといって、国へ帰ることもできぬ。帰れば家族に迷惑がかかる。異人を相手にした女として、忌避されるからの」

「…………」

良衛はなんとも言えなかった。

「わかったであろう」

それ以上の説明は要らぬだろうと川口が言った。

「余生を独り身で送るための費用を稼がせる」

わざわざ口にしなくてもよいことだが、理解したとの証《あかし》になる。良衛は応じた。

「そうだ。もっともこれは儂だけのもので、奉行が替わればどうなるかわからぬがの」

苦笑いしながら、川口が告げた。

川口宗恒の経歴はすさまじかった。もともと川口家は豊臣秀吉の家臣の出であった。曾《そう》祖父が秀吉の勘気を受けて浪人、祖父が秀忠《ひでただ》の召し出しを受けて旗本に列した。祖父、父と書院番を務め、宗恒も世継ぎのときから書院番に任じられた。そののち、久能山東照宮《くのうざんとうしょうぐう》、雉子橋《きじばし》御門、一橋《ひとつばし》御門の修復、普請で功績を積み、目付を経て延宝《えんぽう》八年（一六八〇）長崎奉行へと累進した能吏であった。

「では、唐行きは……」

「ああ。閨《ねや》には呼ばれないが、宴席には侍《はべ》らされる。そこで唐行きは、馴染みとなった和蘭陀商館の者からもらった物品を商人に売ったり、このようなものが欲しいという願いを仲介したりして、金をもらうのだ」

「抜け荷ではございませぬので」

幕府の目を盗んでの交易行為になる。抜け荷は重罪であった。

「それも含めての目こぼしじゃ」

良衛の危惧《きぐ》を、川口が認めた。

「ですが、それではお奉行の……」

長崎奉行の座を狙う者にとって、川口失脚のよい材料になるのではないかと良衛は懸念を表した。

「誰が訴えるのだ。唐行きは己の余生がかかっている。商人は簡単に儲ける話を失う気はない。もし、これが公になれば、唐行きの末期は悲惨なものになるしかなく、商人たちは金儲けできなくなる。決して口を割らぬ」

川口が笑った。

「通詞は……」

遊女はいわば商売敵になる通詞にしてみれば、オランダ人との仲介は、独占したいはずである。良衛は問うた。

「やれば、どうなるか。長崎で商人を敵に回すことになる」

川口が口の端をゆがめた。

「………」

良衛も黙った。

すでに天下は武士のものではなかった。

武士は戦いがあって初めて主役たれるのである。泰平の世では、武士は抑止力でしかなくなる。代わって台頭するのが、生活を支える商人であった。生産者から商品を買い付け、消費地に運んで売る。この行為がなければ、都市は維持できなくなる。

人はものを消費しなければ、生きていけない。そして消費には金が要る。となれば、その消費と金を扱う商人が、実力を持つのは当然であった。

「まあ、こんなところだの」

川口の話が終わった。

「委細、違《たが》えませぬ」

いろいろな条件が付けられたが、さほどのものではなかった。良衛は遵守すると約束した。

「うむ。ところで、おぬしに頼みがある」

「なんでございましょう」

態度を軟らかくした川口に、良衛は先を促した。

「じつはの、最近、夜中に小便でやたら起きるのだ。就寝前に水を控えようとしても、喉《のど》が渇いて、つい水を摂《と》ってしまうせいもあるだろうが」

川口が相談した。

「拝見してもよろしゅうございますか」

良衛が診察の許可を求めた。

「頼む」

「御免」

近づいた良衛は、まず川口の左手を取って、脈を測った。

「いささか速い。ただ、乱れはございませぬな。胸が締め付けられる、あるいは舌の付け根が絞られるような感じはございませぬか」

「ない」

川口が否定した。

「では、ここへ仰向《あおむ》けに横たわっていただけまするか」

「よかろう」

医者の指示である。川口が裃《かみしも》をはずして、横たわった。

「少し触れまする」

そう言って、良衛は袴《はかま》の結び目の少し下、へそから左右に拳《こぶし》一つ分ほどの位置を押した。

「痛みまするか」

「いいや。左右どちらも痛まぬ」

川口が首を左右に振った。

「お口をあけていただき、舌を出してくださいませ」

「ああ」

従った川口の舌を良衛は診た。

「白いな。それに小さなひび割れがある。乾燥している」

良衛は独りごちた。

「けっこうでございまする。どうぞ、姿勢をお戻しくださいませ」

「もうよいのか」

起きあがりながら、川口が訊いた。

「奉行所で、川口さましか使われぬ厠《かわや》はございまするか」

「ああ。その奥にある厠は、儂以外は使わぬはずだ」

問われた川口が告げた。

「拝見できましょうか」

「付いてこい」

川口が自ら案内に立った。

「ここじゃ」

小さな半間（約九十センチメートル）四方の厠を川口が示した。

さすがは奉行の使う厠である。便器の周囲には畳が敷かれてあった。

「ご無礼を」

一言断ってから、良衛は便器近くの畳に手をついて、臭いを嗅《か》いだ。

「な、なにをしておる」

小便の臭いを嗅がれる。男でも恥ずかしいと思うのは当然である。川口が驚いた。

「……やはり」

すぐに良衛は顔をあげた。

「わかったのか」

ふたたび川口が驚いた。

「おそらく、飲水病の始まりかと」

「飲水病とはどのようなものだ」

良衛の診断に、川口が首をかしげた。

「甘いものの過剰摂取、穀類の食べ過ぎなどで起こる病でございまする。別にどこが痛くなるというわけでもなく、なにも不便は感じませぬ」

「それで病なのか」

症状が出ず、影響も少ないものならば、怖れることはない。川口があからさまにほっとした。

「ゆえに怖ろしいのでございまする」

「どういうことだ」

川口が怪訝な顔をした。

「気づいたときには、手遅れになっておるのでございまする」

「手遅れとはなんだ」

「心の臓の動きが狂ったり、目が見えなくなったり、足が腐ったりいたしまする」

「たいへんではないか」

良衛の言葉に、川口が絶句した。

「どうすればいい。薬を服すればよいのか」

川口が良衛に迫った。

「これはという薬はございませぬ」

「それは難病だな」

首を横に振った良衛に、川口が真剣な顔をした。

「大事ございませぬ。少し気を遣っていただくだけで、病の進行を遅くする、あるいは止めることができまする」

「どうすればいい」

川口が身を乗り出した。

「毎日の生活を変えていただきますよう。甘みは控え、穀類の量も減らし、ゆっくりとよく嚙《か》んでお食べくださいませ。あと、お忙しいとは承知しておりますが、ずっとお座りになっているのは、よろしくございませぬ。毎日、お歩きになることもおすすめいたしまする」

「そのようなものでよいのか」

「毎日のことでございまする。簡単なようで続けるのは難しゅうございますぞ」

甘くはないと良衛は忠告した。

「わかった。かならずできるとは言わぬが、努力しよう」

川口がうなずいた。


長崎奉行との面談は無事に終わった。奉行所を出た良衛はそのまま延命寺へ向かった。

「若先生、こちらで」

山門の前で、三造が待っていた。

「用意は整ったのか」

良衛は生活をする準備が完了したかどうかを問うた。

「はい。あいにく今戸焼きはございませんでしたが、西海屋さまより大きな火鉢を二つお借りできました。すでにお店の方が、運んでくださいましてございまする」

三造が応じた。

「では、ご住職さまに挨拶をいたさねばな」

延命寺は、寺町通りから、石段を少し上ったところに立派な山門があり、それを潜った右手に本堂があった。

「ようこそ。歓迎致しましょう」

本堂の前に、老齢の僧侶が立っていた。

「寄合医師の矢切良衛でござる。これは小者の三造」

父親代わりに近いとはいえ、小者は奉公人として扱わなければならない。良衛は名乗り、三造を紹介した。

「当寺の住職逸宣《いっせん》でござる。長崎には医学修業でお見えとか。当寺の縁起とも重なりまする。これも薬師如来さまの縁《えにし》というものでございましょう」

逸宣が、本堂に向かって両手を合わせた。

「…………」

良衛も頭を下げた。

「宣峰《せんほう》、こちらへ」

離れたところで控えていた若い僧侶を逸宣が呼んだ。

「この者は宣峰と申す修行中の者でございまする。なにかございましたら、遠慮なくお命じくださいませ」

「宣峰でございまする。よろしくお願いをいたしまする」

若い僧侶が合掌した。

「こちらこそ、お世話になりまする」

良衛も一礼した。

「では、愚僧はこれで」

「お待ちを。三造」

「はい」

逸宣を止めた良衛に、三造が懐紙包みを渡した。

「ご本尊さまに、お供えを」

良衛は布施を差し出した。

「これは、これは」

遠慮することなく逸宣は受け取り、合掌したのち、去っていった。

「なかなかのお方だな」

「はい」

金を受け取るときに、いっさいの気負いが見られなかった。手で重さを量るようなこともなく、ひょうひょうとしていた逸宣に、良衛と三造は感心した。

「武にも共通するな。かなり修行を積まれたのだろう」

金にこだわらない心根の流れに、良衛は一人首肯していた。

「あちらの離れをお使いくださいませ」

宣峰が、二人を案内した。

第二章　各々の争

一

お伝《でん》の方は、五代将軍綱吉《つなよし》の母、桂昌院《けいしょういん》から茶席へと誘われていた。

茶席は、桂昌院の館の茶室でおこなわれた。

「けっこうなお点前《てまえ》でございました。かたじけのうございまする」

作法に従った礼のあとに、お伝の方はもう一言加えた。

「そなたも見事な作法でありました」

桂昌院が褒めた。

「畏《おそ》れ入りまする」

もう一度お伝の方が、頭を下げた。

お伝の方は、桂昌院付きの女中をしているとき、その美貌《びぼう》が綱吉の目に留まり、手がついた。桂昌院にしてみれば、吾《わ》が娘とまではいわないが、正室の鷹司信子《たかつかさのぶこ》や他の側室に比べればかわいい相手であった。

なにより、桂昌院が溺愛《できあい》する綱吉の子供を二人も産んでいる。桂昌院にとってお伝の方こそ、嫁のようなものであった。

「そなたは、いくつになりやる」

桂昌院が問うた。

「二十八歳でございまする」

お伝の方が答えた。

「そろそろ褥《しとね》遠慮だの」

「…………」

小さく嘆息した桂昌院に、お伝の方は黙った。

綱吉の寵愛《ちょうあい》深いお伝の方は、妬《ねた》まれている。通常、大奥には、三十歳になったとき、閨《ねや》ごとを遠慮する慣習があった。が、お伝の方は嫉妬《しっと》の矛先を逸《そ》らすため早めにお褥遠慮を申し出ていた。

もとは死産や産後の肥立ちが悪くなりやすい高年齢での出産を避けるためのもの

であったが、いつの間にか将軍の寵愛を独り占めさせないようにとの意味合いが濃くなった。

「妾《わらわ》としては、そなたに遠慮をさせたくはない」

「かたじけないお言葉でございまする」

桂昌院の気遣いに、お伝の方は感謝した。

「しかし、そなたは御台所《みだいどころ》ではない」

「はい」

お褥遠慮と言われる慣習は、正室である御台所には適用されなかった。

「それにしても、そなたが二人も産んだのだ。上様にお傷はないとわかる」

子ができない原因は、女だけでなく男にもある。幸い、綱吉はお伝の方だけではあるが、二人産ませていた。

「でありながら、他の女どもは、なにをしておるのやら。上様のお側に何度も侍《はべ》りながら、誰一人として、孕《はら》みさえせぬ」

桂昌院が怒った。誰一人となれば、そこに正室も含まれる。五摂家《ごせっけ》の出である御台所鷹司信子から、身分低い者として桂昌院は、軽く見られている。嫌えば嫌われるで、桂昌院も鷹司信子を好んではいなかった。

「…………」

側室の身分で、正室の閨ごとに文句を付けるような桂昌院の話に、同意することはできなかった。

「……そなたもどうしたのだ。大奥へ来てからも上様のご寵愛は劣ることなくそなたの身に注がれていた。三日とはいわぬが、十日にあげず、上様のお召しを受けておりながら、懐妊しなかったとは情けないことじゃ」

「申しわけもございませぬ」

将軍生母の言葉である。お伝の方は頭《こうべ》を垂れた。

親孝行で知られた綱吉である。うかつに反発をすれば、桂昌院からあの女はと告げられかねない。そうなれば、お伝の方でも、大奥にはいられなくなる。

「言わずともわかっておろうが、そなたの手で上様のお血筋をな」

「心しておりまする」

お伝の方が手を突いた。

「寄合医師を一人、長崎《ながさき》へ向かわせ、和蘭陀《オランダ》の産科術を学ばせております。異国の技術には、きっと役に立つものもございましょう」

お伝の方が報告した。

「和蘭陀の医術か。大丈夫なのか。南蛮《なんばん》人は血を呑《の》むと聞く。そのような怖ろしい者どもの秘術など信用できるのか」

深く仏教に帰依している桂昌院にしてみれば、異国の医学は怪しげなものでしかなかった。

「それも含めて、寄合医師をやりました。寄合医師は、旗本でございまする。決して、上様のおためにならぬことなどいたしませぬ」

お伝の方が告げた。

「さらにその医師は、典薬頭今大路《てんやくのかみいまおおじ》兵部大輔《ひょうぶだゆう》の娘婿にして、和蘭陀流外科術の名手として聞こえた者」

「今大路の娘婿か。ならば、怪しげなまねはいたすまい」

桂昌院が安堵《あんど》した。

「で、その医師は、いつ秘術を持って戻ってまいるのじゃ」

あらためて桂昌院が、予定を尋ねた。

「先日江戸《えど》を出たばかりでございまする。早々というわけには参りませぬ」

ときがかかると、お伝の方が応じた。

「それでは間に合わぬ。妾ももう歳じゃ。生きている間に上様のお血筋のお顔を拝見したい。子を産むには十月《とつき》かかる。その分も急がせよ」

桂昌院が指摘した。

「わかってはおりまするが、なにぶんにも新しい医学の研修には、手間がかかりましょう」

「悠長なことをいう。上様のおためでもあるのだ。その医師を急《せ》かせよ。上様にお世継ぎがおられぬのは、天下の乱れのもとじゃ」

無理からでもさせよと桂昌院が言った。

「お方さまのお言葉、医師に伝えまする」

「うむ。そういたせ。妾の命じゃと申して、できるだけ早く帰るようにとな」

満足そうに桂昌院がうなずいた。

「はい」

桂昌院に逆らうことなく、お伝の方が頭を垂れた。

お伝の方が去ったあと、桂昌院の館から二人の女中が別々に出ていった。一人は、大奥でもっとも大きな館へ、もう一人は局《つぼね》へと吸いこまれた。

大奥には三つの住居があった。館、局、長局の三つである。このうち館は、将軍の正室である御台所、娘、母などの家族に与えられるもので、ちょっとした旗本屋敷のようなものである。局は、女中のなかでも高位になる者の住まいであり、本人だけでなく奉公してくれる者たちの部屋もある。長局は下級の女中たちの居場所で、大勢が一部屋で生活した。

今現在、大奥で館を与えられているのは、三人であった。一人は綱吉の生母桂昌院、続いて子供二人を産んだお伝の方、そして最後が御台所鷹司信子であった。

「ほう、伝の息がかかった医師が長崎へ、和蘭陀流の産科術を学びに行っていると」

桂昌院のもとへ潜りこませている女中の報告を、鷹司信子がうけた。

「はい」

「公方《くぼう》どのの和子《わこ》は、いなくてはならぬ」

「はい。先ほど、そのように」

隠密《おんみつ》として入りこんでいる女中が、首肯した。

鷹司信子のお付きとして、京《きょう》から供してきた下級公家の娘の大奥上臈《じょうろう》が、同意した。

「だが、それは妾か、あるいは公家の娘が産むべきである」

「仰せの通りでございまする」

上臈が賛した。

「公家の血を引く将軍。これが誕生したとき、公武は一つになる。朝廷への気遣いを、幕府は学ばねばならぬ」

難しい顔で鷹司信子が告げた。

朝廷と幕府の関係は、今のところ良好に見えた。事実、朝廷のなかで討幕の密謀は起こっていない。幕府も三代将軍家光《いえみつ》のころまでのように、諸法度を発布して朝廷を圧迫はしていない。

それでも、両者の間には大きな溝があった。

もともと武士は、公家が持つ荘園《しょうえん》を盗賊などから守るために発生した。それがいつのまにか、主《あるじ》の荘園を押領し、力を蓄え、大名となった。徳川《とくがわ》家もその末裔《まつえい》である。

ようは、朝廷が被害者で、幕府は加害者であった。

朝廷にしてみれば、かつての栄光を取り戻したいと考えている。対して、幕府はいつまで昔の話を持ち出すのか、力がないのだから政《まつりごと》に口出しせず、芸事に専念していろと思っている。

「幕府は朝廷を怖れている」

鷹司信子は的確に理解していた。

「朝廷だけが、征夷大将軍《せいいたいしょうぐん》を任命できる。どれほど力があろうとも、朝廷から認められぬ限り、征夷大将軍にはなれず、幕府も開けない」

鎌倉《かまくら》以降武家の統領は征夷大将軍となり、幕府を開き、朝廷に代わって天下を治めるのが慣例となった。将軍は天下の主と同一なのだ。

しかし、強いだけでは、将軍に任官されなかった。

織田信長《おだのぶなが》しかり、豊臣秀吉《とよとみひでよし》しかりである。どちらも京を手に入れたが、将軍の地位は与えられなかった。織田は平氏《へいし》、豊臣は最初藤原《ふじわら》を称していた。征夷大将軍が源氏《げんじ》の出でなければならないという朝廷の慣例にそわなかったのだ。

信長は死に、秀吉は関白になった。そして幕府は徳川家康《いえやす》が開いた。

天下を取った豊臣秀吉でも、朝廷の壁は破れなかった。

「兵を持たず、金もなく、ただ歴史だけで生きている朝廷と思われがちだが、その力は天下を左右するほど大きい。それは朝廷に大義名分があるからじゃ」

「はい。天下はすべて主上のもの」

「そうじゃ、右衛門佐《うえもんのすけ》。天下の持ち主は主上であり、公家はその眷属《けんぞく》である」

上臈の答えに、鷹司信子が満足そうにうなずいた。

「ただ、武力がないだけ。その武力を手に入れることはできる。そう、京の血を濃く引く将軍を作ればよい」

鷹司信子が断言した。

「京より公方どのが手を付けたくなるような女を江戸へ呼べ」

「はい」

右衛門佐と呼ばれた上臈が首を縦に振った。

「そして、かならず、その女に子を孕まさねばならぬ。伝が出したという医者をこちらに引き入れよ」

「お任せくださいませ」

鷹司信子の命に、右衛門佐が胸を張った。

局をもつことが許されるには、かなりの身分が要った。ただし身分なく、局が与えられる者もいた。綱吉の手がついた女中である。

「お方さま。桂昌院さまの女中がおもしろい話をもって参りました」

「それはよいな。金はくれてやったのかえ」

側室が問うた。

「はい。いつもより少し多めに渡しておきました」

お付きの女中が応じた。

「わずかな金で、主を売るとは、志の低い者よな」

「お陰で、桂昌院さまのこと、お伝の方さまの内情など、わたくしどもは知り得るのでございまする」

「それもそうじゃな。金で人は買える。そう、父が言われていたが、まったくその通りよな」

側室が笑った。

「房総屋《ぼうそうや》さまは、一代で店を江戸一の廻船《かいせん》問屋になされたお方。人の本質をよく見抜いておられまする」

女中が追従した。

「で、銀杏《いちょう》、なにごとぞ」

側室が身を乗り出した。

「なんでも、お伝の方さまが、かならず孕むという和蘭陀の秘術を手に入れられたとか」

「それはまことか」

銀杏の言葉に、側室が目を剝いた。

「なんでも長崎の和蘭陀人がもたらしたもので、その秘術をおこなえば、まちがいなく懐妊いたすとか」

「それはなんとしてでも欲しい」

側室が身もだえした。

「どうにかならぬか、銀杏」

「多少の費用がかかりまするが」

銀杏が側室の顔を見た。

「実家《さと》に言えばよい」

側室がすぐに認めた。

「お任せをくださいますよう」

銀杏がうなずいた。

二

出島《でじま》の歴史は古い。

寛永《かんえい》十一年(一六三四)、幕府が出したキリスト教禁止令を受けて、ポルトガル人を隔離するために建築が始まった。

その費用は、幕府と、出島町人と後に呼ばれる長崎の有力な商人が負担した。敷地はおよそ四千坪あり、五十坪近い大きな船着き場も備えていた。

当初、ポルトガル人が出島町人に年間八十貫の賃料を払う形で運営されていたが、わずか二年でポルトガル人が追放となったため、空き土地になってしまった。

莫大《ばくだい》な金を遣って、異国人の居留地を作った出島町人たちは困り果て、幕府に泣きついた。

「平戸《ひらど》を閉じ、出島へ移れ」

幕府はこれ幸いと、唯一残っていたオランダ人を出島へ押しこんだ。往来の制限がない平戸より、出島のほうが管理しやすいからであった。

幕府が鎖国に舵《かじ》を切っていることを知っていたオランダ人は、下手に逆らって心証を悪くするより、ポルトガル人がいなくなったことで独占状態になった日本との交易を死守することにし、引っ越しを承知した。

「八十貫も払えない」

一貫は米二石になる。八十貫は米百六十石、金になおしておよそ百五十両になった。

今まで無料で平戸に住んでいたのだ。いきなり高額な地代を求められたオランダ人が反発した。

「五十五貫でいい」

空き土地にしているよりはましだと、出島町人が値さげに応じ、寛永十八年からオランダ人が出島で居住するようになっていた。


長崎奉行川口宗恒《かわぐちむねつね》の許可を得た良衛《りょうえい》は、出島の橋を渡っていた。

出島の門は立派な瓦《かわら》屋根のものであり、大門はオランダ出島商館長か、長崎奉行の出入り、幕府御用の品の出荷など、特別な場合を除き閉じられたままであって、常の出入りは門の左手にある半間幅の潜り戸からおこなった。

「幕府寄合医師、矢切《やきり》良衛でござる」

「伺っておりまする」

出島門番が良衛の通行を認めた。

「お待ちを」

門を入った良衛を、一人の男が止めた。

「なにか」

良衛は男を見た。

「検《あらた》めをさせていただきまする」

男が良衛に近づいた。

「……検め」

良衛は困惑した。

「探り番でございまする。これは出島へ出入りするたびに、懐を確認する決まりでございまする」

門番が教えた。

「懐を……」

聞かされた良衛は嫌な顔をした。

誰でも見知らぬ他人に、懐を探られていい気はしない。懐には財布がある。良衛の場合は、いつも肌身離さず身につけている外科術道具も入っている。

「これは長崎奉行どのが指示か」

良衛は門番に問うた。

「はい。正確には出島乙名《おとな》の旦那《だんな》の奏上を、お奉行さまがお認めになったものでございますが……」

門番が答えた。出島乙名は、出島町人から選ばれた肝煎《きもい》り役のようなものである。

「この者の身分は」

懐を探る。これは持ち金を知り、賄賂《わいろ》を要求すると考えても当然の行為であった。

「門番のなかから一人、月番で担当いたしまする」

探り番も役目の一つだと門番が述べた。

「抜け荷の防止のため、たとえ出島町人の旦那でも、こればかりは拒めませぬ」

門番がつけ加えた。

決めた本人が、己だけを除外するのでは、効果はでないし、反発も買う。

「やむを得ぬ」

断れば出島に入れない。憧《あこが》れ続けてきた長崎での遊学が無に帰してしまう。良衛はあきらめて両手を垂らした。

「では、ごめんを」

探り番が近づいて、良衛の懐へ手を入れ、財布と手術道具入れを出した。

「財布はよろしゅうございますが、これはなんでございますか」

手術道具入れに探り番が厳しい目を向けた。

「医者の七つ道具のようなものでござる」

「拝見しても」

「うむ」

目視での確認を求める探り番に、良衛はうなずいた。

「……これは」

紐《ひも》を解《ほど》いて中身を見た探り番が驚いた。なかには尖刀《せんとう》、探針、縫合用の針などが詰まっていた。

「結構でござる」

だが、すぐに仕舞いはじめた。

「…………」

「抜け荷のものやご禁制のものでなければ、他のものはなんでもよろしいのでございますよ」

不思議そうな顔をしている良衛に傍観していた門番が告げた。

「どのようなものが、だめなのだ」

「ご禁制品として、地図、鉄炮《てっぽう》、軍記ものや軍学集、葵《あおい》や菊のご紋入りのもの、江戸城を書き入れた画など。抜け荷としては、俵物、さんご、通貨などでございまする」

尋ねられた門番が答えた。

「通貨……小判とかか」

「含まれまするが、主には大判でございまする」

「大判だと」

良衛は驚いた。

大判は、小判の数倍大きな貨幣であった。豊臣秀吉が京の細工師後藤《ごとう》四郎《しろ》兵衛《べえ》に命じて作らせたのが始まりであった。他に徳川家康の指示による慶長《けいちょう》大判、明暦《めいれき》の大火の焼け跡から掘り出された金銀を使用して造幣された明暦大判があった。

小判十枚に値するとされたが、鋳造に手間がかかることや、大量の金銀を消費することなどから、ほぼ流通せず、祝い事や褒賞などの贈答用とされていた。

「けっこうでございまする。また、帰りもお願いいたしますので」

探り番が言った。

「わかった」

うなずきながらも、良衛は気が重かった。出島に出入りするたびにこれをさせられるのは面倒でしかなかった。

「医師部屋は、ここをまっすぐ、最初の辻《つじ》を右に曲がった二階屋でございまする」

門番が教えてくれた。

「かたじけなし」

良衛は出島のなかへ足を踏み入れた。

出島は隔離された場所だが、対岸から出入りの様子はよく見えた。

「入っていったな」

結局、店を放り出して、つきあっている太郎《たろう》が、麻彦《あさひこ》に顔を向けた。

「ああ。これはまずい」

麻彦が唇を嚙《か》んだ。

「出島に入っていった医者が、薬草畑を見に行かないはずはない」

「たしかにな」

太郎も認めた。

「猶予がなくなった」

「なくなったと言ったところで、どうするのだ」

焦る麻彦に、太郎が問うた。

「長崎にやくざものはいないのかい」

麻彦が尋ねた。

「いないわけじゃないが、たいしたものじゃないぞ。せいぜい、丸山《まるやま》の遊郭で暴れる客を抑えこむていどだ」

使いものにならないと太郎が首を左右に振った。

「では、無頼どもはいないのか」

「いないわけじゃないが……」

太郎が麻彦の目を覗《のぞ》きこんだ。

「あの医者を片付けるつもりだな」

「他に手立てはないだろう」

確認された麻彦が断じた。

「もし、ご禁制の抜け荷がばれたら、南蛮屋《なんばんや》は終わりだ。もちろん、奉公人のわたしたちも同じ。抜け荷をやった店にいた奉公人なんぞ、どこも雇ってはくれない」

御法度を犯した店の奉公人は、幕府や藩から目を付けられる。また、同じことをしでかすのではないかと見張られるのだ。そのような者を雇い入れれば、当然、店や主にも疑いはかかる。そんな面倒を抱えこむ雇い主などいなかった。

「おまえさん、長崎に来て三年をこえるだろう」

「五年だ」

苦く頬をゆがめて、太郎が片手を拡げた。

「つきあいくらいあるだろう」

「………………」

言われた太郎が黙った。

「一緒に、大坂《おおさか》へ行こうじゃないか」

麻彦が、太郎の耳元でささやいた。

「大坂で鴻池《こうのいけ》さんなどの豪商とつきあいを作れば、独り立ちも夢じゃなくなるぞ。博多《はかた》じゃ、旦那さまの目が厳しいから、とても店を持つなんぞ無理だが……」

麻彦が続けた。

商家には二種類あった。雇い入れた奉公人があるていど熟練したら、独り立ちをさせる店と、商いのこつや得意先を奪われないよう、一生飼い殺しにする店である。

南蛮屋は、奉公人の独立をまず許さなかった。

「独り立ちか」

「江戸へ行くのもありだぞ。天下の江戸で商売を成功させれば、旦那さまよりも上に行けるかも知れない」

話をしているうちに興奮したのか、麻彦の瞳《ひとみ》が輝いた。

「天下の城下町で己の店か……わかった」

太郎が唾《つば》を呑みこんだ。

「長崎で荒事を任すならば、船乗りと仲仕《なかし》に限る」

「船乗りと仲仕か。力はありそうだな」

麻彦が納得した。

仲仕は、船の荷物を上げ下ろしする人足のことだ。米俵などを軽々と肩に担ぎ、細い板を伝って船へ行き来する。

「船乗りもいいぞ。なにせ、板子一枚下は地獄の船で、玄界灘《げんかいなだ》を渡っているんだ。度胸は抜群だ。それに海賊を相手にするときもあり、戦いには慣れている」

「それはいいな」

うれしそうに麻彦が笑った。

「ただ金がかかる」

「……どれくらい要る」

「一人頭、小判一枚は。もし、死体を海に捨てるとなれば、船頭にも金をやらねばならなくなる」

「むぅう。だが、死体をその辺に放置するわけにはいくまい。長崎奉行ともかかわりがある医者だ。下手すれば、街道を封じられる」

麻彦が額に皺《しわ》を寄せた。

長崎奉行には絶大な権力が与えられている。与力十騎、同心三十一人と、役人の数でいけば、江戸町奉行よりはるかに規模は小さいが、長崎の町役人《ちょうやくにん》、地役人、出島町人などを支配しており、動員できる人数は数百をこえた。

「いずれ気づかれるだろうが、それまでにこっちは長崎を離れておきたい。少なくとも黒田《くろだ》さまの御領地に逃げこんでおきたい。いくら長崎奉行とはいえ、五十万石の黒田さま相手に、無理押しはできない」

麻彦が語った。

福岡《ふくおか》藩黒田家は通称五十万石と言われているが、分家を二つ作ったために四十三万三千石となった外様《とざま》大名である。

「甘いのではないか。黒田さまには傷がある」

「……あれか」

太郎の言葉に、麻彦が嘆息した。

「朝鮮《ちょうせん》との抜け荷騒ぎで、黒田家は長崎奉行から睨《にら》まれているな。長崎奉行から命じられれば、街道筋の検めくらいやりそうだ」

麻彦が天を仰いだ。

寛文《かんぶん》七年（一六七七）、黒田家の御用商人伊藤小左衛門《いとうこざえもん》が、朝鮮へ武器を密《ひそ》かに売ったと訴人された。事実であった。抜け荷は重罪である。ただちに幕府は動き、関係者を捕縛、事件を収束させた。

そのとき、この抜け荷は黒田藩の手によるものではないかという疑惑が浮かんだ。

ときは三代将軍家光のころである。幕府は、いかにして外様大名を潰《つぶ》すか、小さくするかに血眼になっていた。そこでの黒田家の醜聞は、渡りに船であった。

真っ青になった黒田家は、あわてて一味の探索と捕縛に動き、うまく伊藤小左衛門とならぶ首謀者を領内で確保した。黒田家は手柄顔で捕まえた男を斬首《ざんしゅ》し、一味との疑惑を払拭《ふっしょく》してみせた。

二人が磔《はりつけ》、四十人以上が死罪、五十人近くが追放となった大事件は、黒田家を巻きこみながらも、傷つけることなく収束した。

が、それで幕府があきらめるはずもなく、未《いま》だに黒田家は長崎奉行から厳しい目で監視されていた。

「死体が見つからねば良いのだろう。玄界灘の沖合に重石《おもし》を付けて沈めてもらえば、安心だ」

太郎が言った。

「医者坊主一人と小者一人。別々に襲うとして、一人あて三人もいればよかろう。六人で六両、あと死体の廃棄の代金として四両。合わせて十両というところか」

麻彦が計算した。

「十二両はかかるな。船頭だけでなく、死体を載せる船には清めの酒を買わなければならないからな」

「そんなもの、無視しろ」

もう少し要ると言った太郎に、麻彦が怒った。

「訴人が出るぞ。船乗りは験を担ぐからな」

「むううう」

麻彦がうなった。

「……わかった。金はそちらで用意してくれ」

「無茶を言うな。そんな金持ってないぞ」

太郎が反発した。

「店の金があるだろう。南蛮の薬を買い取るのが役目だ。十二両どころか百両、二百両くらいはあるはずだ」

「あるが、あれは店の金だ。いわば旦那さまの金だぞ。それに手を付けるなど、とんでもない」

どこの店でも金に手を出した奉公人を許すところはない。太郎が拒んだ。

「少しは考えろ。この金はつまるところ、旦那さまのために使うのだぞ。医者坊主をかたづけるための費用だと言えば、旦那さまはなにも仰せにならぬさ。どころかお褒めくださる」

麻彦が金を握っている太郎の機嫌を取るように言った。

「……わかった。金蔵の鍵《かぎ》は儂《わし》が持っている」

「さすがは、太郎さんだ」

敬称を付けて、麻彦が持ちあげた。

「ただし、本店の指示という形でだ。おまえさんの名前入りで指示書を書いてもらう」

「なっ……なにを」

麻彦が顔色を変えた。

「旦那さまを助け、お褒めいただくのだろう。その功績が、おまえを大坂へ行かせる。そうだよなあ」

こちらにだけ責任を押しつけようとするなと太郎が言った。

「……わかった。すぐに書く。おまえも手配を急げ」

麻彦の口調が変わった。

三

出島の医師部屋は、真っ白に塗られた板張りの二階建てであった。

「この和蘭陀語は、診察を意味するのだったか」

医師部屋の出入り口の上に掲げられている看板を、良衛は読んだ。

「お邪魔をする」

引き戸を開けた良衛を、出迎えたのは若い日本人であった。

「寄合お医師の矢切さまでございますか」

「いかにもさようでござるが、ご貴殿は」

確認を求めた若い日本人に、良衛は問うた。

「和蘭陀通詞の大野《おおの》次郎三郎《じろうさぶろう》と申しまする。お奉行さまのご指示で、矢切さまの手助けをさせていただきまする」

若い日本人が名乗った。

「通詞どのか。お世話になる。川口さまにもお手間をかけてしまった」

一礼して、良衛は感謝した。

「早速でございますが、ご紹介を」

大野が、良衛を奥へと誘った。

「出島医師の間宮鉄斎《まみやてっさい》でござる」

禿頭《とくとう》の老人が挨拶をした。

「出島医師とは」

良衛は戸惑った。

「出島に勤めおります日本人の医療を担当いたしまするのでな。いちおう、長崎奉行所のお雇い医師となりまする」

鉄斎が告げた。

「それほど出島には日本人がおりますのか」

「百までいきませぬが、かなりの日本人がおりますぞ。出島の手配一切をおこなう乙名衆から、異人たちの食事を作るくすねり、異人の依頼で買いものにいくこんぷらまで、数十人は常駐しておりまする。ほかにも季節ごとに雑草を刈る草取り人足なども入りますのでな」

鉄斎が説明した。

「なるほど。出島の日本人は和蘭陀人医師の治療を受けませぬので」

「受けてはならぬわけではござらぬが、治療を頼めば礼をせねばなりますまい。それがなかなかに難しい」

「…………」

医療は、要る者に最適なものを施すべきだと考えている良衛にはいささか納得のできない事情であった。

「ご不満かの。たしかに和蘭陀医術を使えば助かる者もでようが……薬など我が国で手に入らぬものを処方されては困るのだ」

「なぜでござる」

良衛は問うた。

「和蘭陀本国から出島に持ちこんだ薬は、量が少ない。もし、それを日本人に使ってしまい、いざ出島の和蘭陀人に要るとなったとき、どうしようもなかろう。薬は患家によって相《しょう》が変わる。合う合わないがどうしてもでる。ましてや異人である。薬なども違えば、処方する量も多い。万一、日本人に薬を使ったことで……」

最後まで鉄斎は口にしなかった。

「……………」

良衛は沈黙した。

「それに、和蘭陀人医師に診て貰《もら》ったら助かったなどと広まれば、どうなる」

「患家の行列ができましょうな。出島の門に」

すぐに良衛は理解した。

「長崎どころか、日本中から患家が押し寄せることになる。それこそ収拾がつかぬことになる。奉行所も病気治療だといわれれば、一概に取り締まるわけにもいかぬだろう。御上の政の基本は、儒教。すなわち仁。ゆえに見捨てれば、慈悲がないと誹《そし》られ、かといって受け入れれば、鎖国の禁をないがしろにしたと咎《とが》められる」

「出島に腕のいい医者がいる、あるいは妙薬があると知らせないため……」

「…………」

今度は鉄斎が沈黙した。

「川口さまにお目通りを願うことにしましょう」

良衛は、長崎奉行を説得しようと考えた。

「ご随意に」

あっさりと鉄斎が応じた。

「もうお一人おられまする。長崎鍛治屋町《かじやまち》で医業を営んでおられる富山周海《とみやましゅうかい》先生でございまする」

二人の遣《や》り取りには口を挟まなかった大野が、頃合いと見て残りの一人を紹介した。

「ご一緒させていただきまする。富山でござる。本道を主といたしておりまするが、外道も学びたいと思っておりまする」

「矢切良衛でござる。和蘭陀流外科術を得手としておりまする」

良衛も応じた。

「聞けば、和蘭陀流外科術では杉本忠恵《すぎもとちゅうけい》先生の一番弟子、そのうえ本道でも名古屋《なごや》玄医《げんい》先生の高弟だとか」

富山が良衛の経歴を口にした。

「それはすごい御仁じゃな」

知らなかったのか、鉄斎が驚いた。

「とんでもないことを。和蘭陀流外科術も半人前、名古屋先生のもとでも修業が足りぬものでございまする」

良衛は謙遜《けんそん》した。

「いやいや、半人前に長崎遊学を許すほど、御上は甘くございますまい」

富山が否定した。

「では、和蘭陀人のもとへ参りましょう。和蘭陀人医師は本来、この二階におりますが、今は別のところに」

大野が先に立って、医師部屋を出た。

「……こちらでござる」

一筋進んで右に曲がり、大野が足を止めたのは、鮮やかな緑青に塗られた立派な惣《そう》二階建ての館であった。

「おあがりくだされ」

一階は倉庫になっている。大野が建物の外に付いている階段を上がるように言った。

「見事な建物でございますな」

良衛は階段の段数が多いことに気づいた。日本の家屋に比べて、かなり二階は高いところにあった。

「こちらで」

大野が観音開きの大戸を引き開けた。

「天井があんなに遠い……」

良衛は感心した。

世間では大柄と言われる良衛でさえ、まったく届かない高さに天井があった。

「和蘭陀人に合わせてあるゆえでござる。まあ、ご覧になればわかりまする」

鉄斎が教えた。

「なかへどうぞ」

大野が土足のままで廊下へ踏み出した。

「えっ……」

一瞬、良衛は戸惑った。

「異国では、夜具に入るときと風呂《ふろ》以外で履きものを脱ぎませぬ」

大野が解説した。

「それでは、家のなかが汚れて困るだろう」

履きものは砂や埃《ほこり》を持ち運ぶ。良衛は不衛生だと顔をしかめた。

「和蘭陀などの南蛮は、石造りの町ゆえ、砂や土はあまりないそうでござる」

「それにしても、犬の糞《ふん》など踏んだらどうするのだ」

良衛はまだ納得していなかった。

江戸には野良犬が多かった。犬に噛まれてくる患者もかなりいた。犬の口は汚く、噛まれた跡を放置していると、膿《う》んだり、腫《は》れたりする。なかには、そこから毒が回って、腕を失ったり、足を切りとらなければならなくなることもあった。いや、下手すれば、命を落とす。

さらに野良犬は、どこでも糞をした。江戸では、大通りを歩いていても踏む。さすがに登城路は、江戸の路《みち》を管轄する黒鍬者《くろくわもの》が、一日一度巡回するため、さほどではないが、一本ずれるだけで、かならずといっていいほど、犬の糞を踏んだ。

「それはさすがに洗うでしょう。わたくしたちでも、犬の糞を踏みつけた後は、履きものを洗いますから」

大野が少しあきれながら応じた。

「土足は南蛮の習慣。郷に入っては郷にしたがえと申しましょう」

「ふうむう」

そこまで言われては仕方ない。良衛もそのまま奥へ進んだ。

「ここでお待ちを」

案内されたのは、玄関を入ってすぐにある広間であった。

「…………」

良衛は言葉を失っていた。

「見事な卓でございましょう」

鉄斎が吾がことのように自慢した。

「幅一間（約一・八メートル）弱、長さ三間（約五・四メートル）強。両端の席を含めて十人が同時に、食事ができる卓でござる。これほどのものは、天下に二つとございますまい」

「あれは……」

良衛がテーブルの中央に置かれた銀色の塔のような形をしたものを指さした。

「燭台《しょくだい》でござる。蠟燭《ろうそく》をあの先に付けて、灯《あか》りとするのでござる」

「蠟燭を……これだけの数の燭台全部に蠟燭が……どれほどあかるいことやら」

良衛は感嘆した。

木蠟を集めて作る蠟燭は、魚油などの灯油に比べて高価であった。蠟燭を夜の灯りとして使う町家はほとんどなかった。本尊を照らさなければならない寺院、裕福な商人、大名くらいしか、まず蠟燭は使わなかった。使ったとしても一本ずつである。まとめて何十本も灯《とも》すなどあり得なかった。

「お出《い》ででございまする」

少し離れた部屋の外から、大野の声がした。

「矢切どの。背筋をお伸ばしあれ」

鉄斎が注意した。

「承知」

良衛は素直に従った。

「…………」

奥の扉が、内側へと観音開きになり、大きなオランダ人が入ってきた。

「出島和蘭陀商館長のヘンドリック・ファン・ブイテンヘム卿《きょう》であります」

大野が大声で紹介した。

「商館長……」

良衛は戸惑った。良衛の用は、オランダ人医師に最新医学を学ぶことである。商館長に会っても意味はなかった。

「大野どの……」

困惑のなか、良衛は大野に話しかけようとした。大野は、良衛の理解できない言語を操り、ヘンドリック・ファン・ブイテンヘムへ話しかけていた。

一人一人を指さしながら話していること、鉄斎には手を向けていないことなどから、良衛と富山を紹介しているのだろうと良衛は悟り、黙った。

紹介が終わったところで、ヘンドリック・ファン・ブイテンヘムが、大仰に両手を拡げながら、良衛に近づいてきた。

「右手を差し出して」

鉄斎がささやいた。

「……はい」

わけがわからない良衛は、言われるままに右手をヘンドリック・ファン・ブイテンヘムへと差し出した。

「あっ……つう」

いきなり良衛の右手が強く握られて、上下に振られた。

ヘンドリック・ファン・ブイテンヘムが、なにかまくし立てているが、良衛にはまったく言語として認識できない。

「あなたを歓迎する。医学のことでもなんでも訊《き》いてくれればいいと」

大野が通訳した。

「えっ……」

良衛は唖《あ》然《ぜん》とした。

「この御仁は商館長でござろう」

握られている手をそのままに、良衛は大野に問うた。

「さようでございまする。事情をご説明申しあげますが、その前に」

大野がヘンドリック・ファン・ブイテンヘムに話しかけた。

うなずいたヘンドリック・ファン・ブイテンヘムが今度は富山に握手を求め、二、三回上下した後、手を放してテーブルの端の席についた。

「皆様も」

大野が、座るようにと言った。

「長崎におられるお二人の先生方はご存じのことでございますが、出島の和蘭陀人医師は現在離任中でございまして、新しいお方はまだお就きではございませぬ」

「…………」

聞いた良衛は愕然《がくぜん》とした。

オランダで最新の医学を身につけた者から、直接指導を受けることができる。そう思って、江戸から長崎まで来た。

いや、長崎遊学を褒賞としてもらうために、命がけの役目も果たした。その思惑が崩れた。

「商館医師というのは、なかなかなり手がないそうで」

「…………」

良衛にもそれは理解できた。医者というのは、いつも最新の医学を学び続けるか、たくさんの患者を診て、経験を積むかのどちらかを目指している。そのどちらとも、出島は違った。まず、南蛮から見た出島は、まさに僻地《へきち》であった。珍しい文物や、南蛮諸国とはまったく違った文明、人物という興味深いものはあるが、最新の学問はない。また、出島にいるオランダ人の数は、数十止まりで、とても医療の経験を積むところまではいかない。

医者としての経歴に傷は付いても、誉れにはならない出島勤務を希望する者などいるはずはなかった。

「江戸でたしかめておけば……」

長崎に行けると浮き立った良衛は、そのあたりの下調べをすっかり失念していた。

「ご安心ください」

落ちこんだ良衛に、大野が続けた。

「こういう事態は想定されておりまする。医師がいないとき、商館長がその代理を務めるのでございまする」

「しかし、商館長どのは……」

目の前に本人がいる。医者ではないだろうという言葉を良衛は口にしなかった。

「日本へ赴任する前、ばたびあで医術の教練を受けておられるそうで」

「医術の教練……」

良衛は興味を持った。

「では、早速だが、質問をさせていただいても」

良衛は大野に許可を求めた。

「……どうぞと」

大野が通訳し、ヘンドリック・ファン・ブイテンヘムがほほえんだ。

「外科の手技について……」

良衛は質問を始めた。

質問も回答も大野を通じるという、面倒な遣り取りを繰り返したが、良衛は商館長ヘンドリック・ファン・ブイテンヘムが、医者としてかなりの知識を持っていると感じた。実地で腕が立つかどうかは別にして、ヘンドリック・ファン・ブイテンヘムが学んだ知識は、良衛の持っていないものばかりであった。

「……残念ですが、今日はここまでです。このあと商館長としての仕事があります。そう仰せです」

一刻《とき》（約二時間）ほどで面会は終わりを告げた。

「次はいつ」

貪欲《どんよく》に良衛は知識の吸収を求めた。

「商館長が本業なので、お話は五日に一度にしていただきたいとのことでございまする」

「五日に一度、それは少ない。せめてもう一日」

代弁した大野に、良衛は喰いさがった。

「できません。安息日に働くのはいけないことだそうです」

「安息日……ああ」

良衛はそこで黙った。さすがにオランダの習慣は知っていた。

「それ以上は」

鉄斎が諌《いさ》めた。

「はい。では、かたじけのうございました」

深く礼をして、良衛は商館長のもとを辞した。

「いかがでしたか、富山先生。幕府医師というものは」

商館長と良衛を見送った大野が、富山に問うた。

「……わからん」

富山が首を左右に振った。

「どのような人物か、一度ではおわかりになられぬのも無理はございませぬ」

「違う。あの幕府医師と商館長の話についていけなかった。長崎で和蘭陀医学に触れている愚昧《ぐまい》がだ」

富山が驚愕していた。

「そんな……長崎で名医と評判の富山先生でもおわかりにならないなんて」

大野も絶句していた。

「幕府お医師とは、あそこまでいかねばならぬのか。たしかに、長崎の出で幕府医師になられた西玄甫《にしげんぽ》先生も一流を立てられるほどのお方であったが……」

「西玄甫先生。和蘭陀医学をフェレイラどのに学び、和蘭陀通詞から幕府お医師になられた出世頭」

通詞の大野も西玄甫のことを知っていた。

西玄甫は、和蘭陀通詞だった叔父《おじ》の後を継いで通詞になり、その縁でポルトガル人神父、後に転び伴天連《バテレン》となって日本に帰化、沢野忠庵《さわのちゅうあん》となったフェレイラからオランダ語と医学を学び、西流外科術を創設、その知識と腕を買われて、幕府参勤通詞兼医師、宗門改役となった。

通詞から幕府医官へという大出世を果たし、長崎で医学を学んだ者の憧れであった。

「愚昧も江戸で腕を奮ってみたい。門前市をなすほどの患家を持ち、天下に名医として名を知らしめたい。そう思えばこそ、おぬしに大枚をはたいて、矢切どのの遊学への同席を求めた」

「…………」

大野は沈黙した。

通詞の身分は軽い。しかし、その役目が特殊であり、かつ国と国の意思疎通にかかわるため、給与は思いの外高かった。本禄《ろく》は長崎奉行の配下で同心とかわらないが、役料としてけっこうな金額が与えられた。世襲の大通詞が銀十一貫と五人扶持《ぶち》、能力で採用される小通詞が銀五貫三百匁《もんめ》三人扶持である。銀一貫は千匁、おおよそ六十四匁が金一両に値することから、銀十一貫は約百七十二両、五貫三百匁は約八十三両になる。そこに扶持米が付く。かなり裕福であった。

特殊技能を持ち、裕福な者ほど、金を欲するきらいがある。個人で通詞をつけるとなれば、相応の礼をしなければならない。今回、良衛は幕府の指示で長崎遊学をしているという形であり、通詞に金を支払わなくてもよい。つまり、働いても手間賃の入らない大野にしてみれば、厄介仕事であった。そこで大野は、幕府医師への出世をもくろむ富山に声を掛け、小遣い稼ぎをはかったのであった。

「腕ならば、富山先生も長崎で一番と言われているではありませんか」

大野が焦った。もし、あきらめると言われれば、これからの余得が消えてしまう。

「…………」

しかし、富山は消沈したままであった。

「幕府お医師が、まぢかにおられるのです。いろいろお話を伺ってみてはいかがでしょうか。江戸の様子とか、あるいはどうやって幕府お医師になられたのかとか。実践を聞けば、よい手立ても浮かびましょう。そうだ。富山先生のご診療所にお招きしてはいかがでございますか。長崎でなければ手に入らない道具や薬などお持ちでしょう」

「……南蛮渡来のものならば、いくつか持っておる」

富山が答えた。

「それを餌に矢切どのを招き、いろいろと伝手《つて》を作られてはいかがでございますか。現役の幕府お医師の推薦があれば、かなり有利になりましょう。なにせ……」

大野が富山に近づいた。

「……うん」

声をひそめた大野に、富山が反応した。

「あの矢切どののお舅《しゅうと》さまは、典薬頭今大路兵部大輔さまでございますゆえ」

「……まことか」

富山が目を剝《む》いた。

「矢切どのの奥方さまが、典薬頭さまの娘御にまちがいございませぬ。お奉行さまから、決して粗略に扱うなと釘《くぎ》を刺されましたので」

大野が保証した。

「幕府お医師を監督する典薬頭さまとご縁ができるとあれば……」

落ちこんでいた富山が復活した。

「早速に、お招きをせねばならぬ。いや、よいことを聞かせてくださった。御礼はまたあらためて後日させていただこう」

富山が、良衛の後を追った。

四

船乗りは気が荒い。のんびりしていれば、船の事故で死ぬこともあるのだ。船が沈むかも知れないというときに、敬語で話すような悠長なまねをしていられるはずもない。

相手が誰だろうが柔らかい対応などするはずもなかった。

「死体の始末こみで十両。人手として六人だせと」

「仲仕を含んでくれてもいい」

太郎は、港の片隅で、赤銅色に日焼けした壮年の船頭と話をしていた。

「仲仕は使わねえ。正しくは使えねえ。あいつらは船に乗る度胸さえないからな。陸《おか》にしがみつくしかできない連中に用はねえ」

船頭が、仲仕を馬鹿にした。

「力はあるだろう」

「肚《はら》が据わってないからだめだ。男のくせに、大海原へ乗り出すだけの勇気を持たないやつになにもできやしねえ」

嘲笑《ちょうしょう》を浮かべながら、船頭が告げた。

「そのあたりは好きにしてくれ。これは支度金だ。残りはことがすんだ後で」

四両を太郎が差し出した。

「任せろ。大船に乗ったつもりでいるんだな」

船頭がうまいことを言ったと笑った。

「で、始末するのは誰だ」

笑いを消した船頭が訊いた。

「医者だ」

「……医者だあ。そんなもの、俺たちが出るほどじゃなかろうが。丸山あたりに巣くっている半端者でもできるだろう」

船頭があきれた。

「確実に片付けてもらわなければ、困るからだ。それに、丸山辺りのろくでなしだと、後々までたかってくるだろう。遊女が身体を売って稼いだ金の上前をはねるような連中だぞ」

太郎が吐き捨てた。

「たしかにな。それにおいらたちを、陸の町方は捕まえることはない。危なくなれば、海へ出てしまえば、それまでだからな。船乗りに国の境なんぞねえ。長崎がやばくなれば、博多でも、堺《さかい》でもいい。いや、朝鮮やばたびあに居を移しても喰《く》うには困らねえ」

にやりと船頭が笑った。

「じゃあ、頼んだよ」

「わかった。明後日《あさって》には船を出す。それまでに片付けておくさ。うまくいったときは、別で酒代を寄こせよ」

船頭が欲を付け加えて胸を叩いた。

延命寺《えんめいじ》に戻った良衛は、先ほどの出島商館長ヘンドリック・ファン・ブイテンヘムとのやりとりを備忘録に記した。

その場で書かないのは、筆に気を奪われて話を聞き逃しては困るのと、一度己のなかで消化してから記録するためであった。

「やはり人体の構造においては、南蛮が進んでいる」

良衛は嘆息した。

「実際に腑《ふ》分けをせねば、わからぬことが多そうだ」

腑分けとは、死体を切り開いて、内臓などを調べることだ。古くから死者を汚れとする日本では禁忌とされ、未だ正式な腑分けをおこなった例はなかった。

「漢方の五臓六腑が現実と違っているのはわかる。内臓の位置がどこにあり、どのような働きをしているかもなんとか摑《つか》めているが……」

さすがにそれを理解せず、医学は発達しない。杉本忠恵のもとには、フェレイラこと沢野忠庵が記した腑分け図があり、良衛はそれを見ながらオランダ流外科術を学んだ。

「だが、血管や神経などの位置、経路などは……」

良衛は頭を垂れた。

人の身体を外から見ることはできなかった。良衛の得意とする骨折なども、患部を上から触診することで、位置を特定して治療している。

触診は大切な診察行為である。触れることで、筋肉や皮膚の緊張、温度などを読み取り、その下にある骨や内臓の状況を類推できる。

とはいえ、あくまでも経験則に基づくものでしかなかった。もちろん、そこが医者としての腕の見せどころではあるが、どうしても絶対正しいと断言はできない。

「折れた骨を戻すとき、神経を傷つけていないか、血管を押さえつけていないか。打ち身に見えるが、その奥で神経が切れていないか……それらをもっと的確に知るには、人体の構造を究めねばならぬ」

「それが、腑分けだと」

隣にいた三造《さんぞう》が尋ねた。

「ああ。もっとも、顔が皆違うように、内臓も神経も血管も同じではない。一人、二人腑分けをしたところで、すべてを知り得るわけではないが……一つでも経験していれば違う」

良衛は強く願った。

「だが、御上はそれを認めておられぬ」

幕府寄合医師というより、先祖代々徳川家に仕えてきた御家人の家柄であるだけに、その決定を無視するわけにはいかなかった。

腑分けの希望は、ときどき幕府へ出されていた。そのほとんどは、長崎でオランダ流の外科術を学んだ医師からだったが、すべて退けられていた。

「腑分け図だけでも手に入れたい」

「長崎ならば、手に入るでしょう。時間をかければ探し出せるのでは」

三造が励ました。

「そうだな。西海屋《せいかいや》どのにも頼んでみよう」

良衛も希望を持った。

七日に一度の講義となれば、六日は手持ちぶさたになる。良衛は、最初の計画通り医業をおこない、滞在費の足しにしようとした。

しかし、いきなり診療を始めましたといったところで、患者が来るはずもなかった。

「宣伝するわけにもいかぬしの」

商家ならば、引き札と呼ばれる宣伝を書いた紙を撒《ま》くという方法が採れる。が、医者はさすがに、それはできなかった。

朝から診療の用意をしながら、まだ一人も来ていない。良衛はため息をついた。

「お寺の門に表札を貼らせていただきました。そのうち、若先生の診療を求めて、患家が参りましょう」

三造が慰めた。

「だといいがな」

良衛は小さく首を横に振った。

「矢切さま、お客人がお見えで」

延命寺で良衛たちの面倒を見てくれている宣峰《せんほう》という僧侶《そうりょ》が顔を出した。

「ほら、若先生。患家でございますよ」

三造が喜色を浮かべた。

「ああ」

良衛もやる気を出した。

「お邪魔をいたしまする」

入ってきたのは、昨日一緒に商館長と会った長崎の医師富山周海であった。

「……これは富山先生」

一瞬の落胆を良衛は隠した。

「お忙しいところ、畏れ入るがよろしいかの」

富山が都合を訊いた。

「どうぞ。三造、白湯《さゆ》を」

「はい」

三造が一礼して離れた。

良衛は敷物を用意した。

「どうぞ、おかけを」

「かたじけない」

富山が腰を下ろした。

「昨日は、ご同行をお許しくださり、まことにありがたく存じまする」

最初に富山が慇懃《いんぎん》な態度で頭を下げた。

「いえいえ。商館長との話を独り占めにしてしまい、申しわけございませんでした」

興奮の余り、時間一杯まで商館長と話し続けたことを、今更ながら恥じた。

「とんでもございませぬ。おかげで、勉強になりましてございまする」

富山が手を振った。

「愚昧ごときでは、とても理解できぬ高度なお話でございましたが、やはり江戸で杉本忠恵先生の直伝で」

「はい。杉本先生からよろしくご指導をいただきましてございまする」

良衛はうなずいた。

「いや、さすがでございますな。愚昧とは階梯《かいてい》が違う。矢切先生は、ずっと上におられる。それでありながら、まだまだ知識を求められるとは。そのご真摯《しんし》な姿勢に愚昧、感銘を受けましてございまする」

「それほどのことでは……」

手放しの賞賛に、良衛は照れた。

「そこで矢切先生に、お願いがござって、参りました」

「わたくしにでございますか。どのような」

良衛は先を促した。

「いかがでございましょうや。商館へお行きになられぬ日に、愚昧にご指導をいただきたく」

「わたくしが、先生に……とんでもないことを言われる。まだまだ浅学の身。とても他人《ひと》さまにお教えするほどの学も経験もございませぬ」

良衛が否定した。

「そう仰せになるだろうと思っておりました。いや、奥ゆかしいお方でござる」

断った良衛を富山が褒めた。

「では、いかがでございましょう。愚昧の診療所でご一緒に研鑽《けんさん》というのは。愚昧に先生へお話しできるだけのものはございませぬが、珍しい道具なども所持しておりまする。書物もいささかございまする」

「道具でござるか」

良衛は身を乗り出した。

「藤原九左衛門《ふじわらくざえもん》が手になる外科手術道具一式を所有しておりまする」

「な、なんと」

自慢げな富山に、良衛が驚いた。

長崎の細工職人として名の知れていた藤原九左衛門は、商館医師ジュリアン・ハッセリーの持ちこんだ外科手術道具を研究、日本で初めて洋式手術道具を作製した。その銘の入った手術道具は、オランダ流外科術を学ぶ者たちにとって、垂涎《すいぜん》の的であった。

「是非、拝見つかまつりたい」

良衛が所持している道具一式は、江戸で職人に依頼して制作してもらったものである。師杉本忠恵の使っていた道具を模しており、その大本は藤原九左衛門の制作したものと言われていた。

「よろしければ、今からお出でになりませぬか」

「かたじけない」

誘いに、良衛は乗った。


寺町《てらまち》通りは参拝しない者には縁がないところである。とはいえ、これだけの数の寺院が並んでいるだけあって、日中は人の姿も途切れないていどにはあった。

良衛は富山の案内で、鍛冶屋町へと向かっていた。

「おい、延命寺から、坊主頭が二人出てきたぞ」

「袈裟《けさ》を着てねえから、医者だろう」

少し離れたところで延命寺を見張っていた船乗りが顔を見合わせた。

「どっちが、目的の江戸もんだ」

「わからねえなあ。坊主頭だと、両方同じ顔に見える」

船乗り二人が困惑していた。

「どうする」

「面倒だ。二人ともやっちまうか」

顔を見合わせた二人が、良衛たちの後をつけ始めた。

「とにかく、今はどこへ行くかを確かめようぜ。そのあと船頭に報告して、決めてもらおうじゃねえか」

一人の船乗りが提案した。

「あんな生ちょろい医者坊主二人くらいならば、おいらたちで片付けられるだろう。船頭のもとまで往復する手間が邪魔くせえ」

「船頭に黙っての勝手は、まずいぞ」

どれだけ無頼でも、船乗りのなかには厳格な決まりがあった。船頭の指示は絶対というものだ。嵐が来る前に港に入るか、そのまま突っ切るか、荒れた海でどこへ舳先《へさき》を向けるかなど、船乗りには命をかけた決断が求められる。

このとき、船頭の指示に反発する者が出ては、取り返しが付かない状況に陥ることがある。無条件で船頭の命に従わないと、難破するかも知れないのだ。

「…………」

忠告された船乗りが黙った。

「それにおいらたちだけでやっても、もらえる金は増えないぞ」

「……そうだな」

金のことを言われた船乗りが引いた。

「とにかく、今は見張るだけ」

「おうよ」

船乗り二人が、良衛と富山の少し後ろを進んだ。

船大工町《ふなだいくまち》の路地隅にある南蛮屋の長崎出店《でだな》の天井裏に忍び、幾《いく》は、太郎と麻彦を見張っていた。

「手配はすんだ。後は、待っていればいい」

太郎が麻彦に告げた。

「結果が出るまでは、見張っておかなければならぬだろう」

麻彦が慎重であるべきだと反論した。

「大事ない。医者たちには過剰なくらいの手配をした。そこまで気遣わずともいい。それにいつまでも店を空けておくわけにはいかぬ」

太郎が首を左右に振った。

仕入れをするだけが長崎の出店の仕事ではなかった。オランダあるいは清《しん》から入って来る唐物をいち早く知り、他所《よそ》よりも早く手付けを打つ。あるいは、博多、大坂、江戸で、どのような唐物が人気かを確かめ、それの手配をする。

少しの遅れが、千両の儲けをふいにし、数十両の損失になることもあった。

「宇無加布留《うにこうる》のことだな」

小さく麻彦が笑った。

「………」

苦い顔で太郎が黙った。

半年ほど前、長崎は宇無加布留という高貴薬を求める商人たちで溢《あふ》れかえった。一角獣の角を乾燥させたものという希少性に拍車を掛けた需要は、たちまち長崎の商人たちを狂乱状態にさせた。

「千両出す」

江戸から来た商人が、とてつもない金額を呈示し、通詞はもとより丸山遊女たちも血眼になった。

その騒ぎに南蛮屋の長崎出店は出遅れたうえに、巻きこまれた。

「宇無加布留を欲しがっている商人がいる」

最初、話が耳に入ったとき、太郎は動かなかった。

「仕入れの金を全部使うことになる」

長崎の出店に預けられている金は二百両であった。この範疇《はんちゅう》ならば、太郎の采配《さいはい》で商品を購入できた。ただし、それ以上になれば、主の許可が要った。

「手に入るかどうかもわからないもののために、日見《ひみ》峠をこえられるか」

太郎は博多へ行くことをおっくうがり、宇無加布留の噂を本店へ報《しら》せなかった。

「なにをしているんですか。最初に宇無加布留の話を聞いたとき、人を走らせてわたくしのところへ報せてくれれば、金などいくらでも融通できたものを」

しばらくして太郎のもとへ、南蛮屋から厳しい叱りが届いた。

幸い、宇無加布留の売り買いは一件も成立せず、どこの商家も儲け損なったおかげで、それ以上の咎めはなかったが、もし、他の店が宇無加布留を仕入れ、大儲けをしていれば、太郎は無事ではすまなかった。

「いいかい、長崎の出店は、商品よりも噂を仕入れなさい。毎日店を開けておけば、お客さまがこれはないかとお出でになるかも知れません。その機を逃すなど、商人にあるまじき失敗ですからね」

南蛮屋の言葉に、奉公人でしかない太郎は従うしかなかった。

「店番なら、丁稚《でっち》がいるだろう」

「丁稚だぞ。なにも決めることのできない丁稚だけで、店が回るものか」

麻彦の言いぶんを太郎は否定した。

丁稚は商いを学ぶために奉公している。衣食住を保障される代わりに、給金はなしか、あっても小遣いていどでしかなかった。商家、農家、職人の子で、家を継げない次男以降が多かった。

「小心だねえ。だから本店から出店へ追いやられたんだよ。商人はね、奉公人と違って細かいことだけをしていればいいというものでない。覇気が要るんだよ。覇気のない奴は、死ぬまで使われる身分から抜け出せない。ここでひっそりしていてもなんにもならない。どれ、わたしは少し長崎の町を歩いて、いろいろなものを見て回るとしよう。大坂店を任されたときに、役立つだろうから」

太郎を嘲笑した麻彦が出店から出ていった。

「野心だけじゃ、店はやっていけないのだぞ。まずは足下を固めなければな。商いを水ものにしては、潰れるぞ。あいつのいうとおりだけでは……」

太郎のつぶやきを聞く者はいなかった。幾も麻彦の後を追うために消えていた。

第三章　事の始り

一

房総屋市右衛門《ぼうそうやいちえもん》は、日本橋《にほんばし》に店を構える廻船問屋であった。祖父の代に安房国小湊《あわのくにこみなと》から江戸《えど》へ出て廻船問屋を始め、父が西国への海路を開き、市右衛門のときに薩摩藩《さつまはん》や阿波藩《あわはん》、福岡藩《ふくおかはん》などの大藩の出入りを得て、店を大きく発展させた。

「蔵の金箱、たしかに三十五ございました。中身も確認いたしておりまする」

店の金を預かる大番頭が報告を終えた。

「結構だ。この節季の売りあげが二万五千両、蓄えが一万両、前節季より増えましたね」

「はい。今年から岡山《おかやま》の池田《いけだ》さま、土佐《とさ》の山内《やまうち》さまの御用を承るようになったお陰でございましょう」

喜ぶ主《あるじ》に、大番頭が述べた。

「貸付金残高はどれくらいある」

「大名貸しが十八万四千五百両余り、商貸付が六万二千両余りでございますする」

店の金の動きを把握していないようでは、大番頭は務まらない。すんなりと大番頭が数字を口にした。

「総資産、三十万両というところか」

「日本橋の本店、品川《しながわ》の支店、大坂《おおさか》の支店の土地建物は昨今の値あがりで、かなり膨れあがっておりまする。三十二万両をこえましょう」

「そうか、そうか」

多めの訂正に、房総屋がうれしそうにうなずいた。

「金はできた。残るは……」

房総屋が笑いを消した。

「お露《つゆ》から、瑞兆《ずいちょう》は来ていないのかい」

「まだございませぬ」

主の問いに大番頭が首を横に振った。

「むうう。お露を大奥へあげ、上様のお手が付く中臈《ちゅうろう》にするには、相応の金を遣ったというに」

房総屋が難しい顔をした。

形だけになっているが、大奥で将軍の閨《ねや》に侍《はべ》るには身分が要った。基本、将軍の側室となれるのは、目見え以上の旗本の娘でなければならなかった。

とはいえ、将軍も男、目についた女に手を出すことがある。身分低い女中は、できるだけ将軍の目につかないような配置をするが、それでも何かの拍子に出会うことはある。

こういったときには、手を出した後で旗本の養女にするという手を使うのだが、端《はな》から将軍の側室としての座を狙っている場合は、大奥へあげる前に金を遣って、あらかじめ旗本の娘という体《てい》をとる場合が多い。

房総屋もその手を使って、娘を旗本の養女にしてから、大奥へ奉公に出した。そして、狙い通り、房総屋の娘は綱吉《つなよし》の目に留まり、手が付いた。

「手が付いたとはいえ、まだお部屋さまにはしていただいておらぬ」

房総屋が嘆息した。

将軍の閨に侍っただけでは、お部屋さまにはなれなかった。お部屋さまとは、その名のとおり、側室としての局《つぼね》と仕えてくれる女中たちを与えられるもので、将軍との間に子を生《な》した者、あるいは格別な寵愛《ちょうあい》を受けた者のことである。

一度や二度、戯れに手を出されたていどでは、なれるものではなかった。

「旦那《だんな》さま、大奥からお手紙でございまする」

そこへ若い手代が駆けこんできた。

「なに、お露からか。よこしなさい」

手代の持っていた手紙を、ひったくるように房総屋が奪った。

「吉報であって……」

急ぎながらも、手紙を傷つけないよう注意しながら開き、房総屋が中身を読んだ。

「…………」

「いかがなさいました。旦那さま」

大番頭が、読んでいる最中に黙った房総屋を気遣った。

「……儀助《ぎすけ》」

房総屋が大番頭を呼んだ。

「長崎《ながさき》奉行さまとおつきあいはあるかい」

「……あいにく。長崎奉行さまはご裕福で鳴っておりますので」

儀助と呼ばれた大番頭が否定した。

「そうかい。じゃあ、佐賀《さが》の鍋島《なべしま》さまはどうだい。柳川《やながわ》の立花《たちばな》さまでもいいが」

「どちらも当家から金子のご用立てをさせていただいておりまする。鍋島さまが一万と五千両、立花さまが八千両」

「鍋島さまのほうが多いようだね。よし、鍋島さまにお願いしよう」

聞いた房総屋が一人で納得していた。

「……旦那さま」

儀助がもう一度声をかけた。

「鍋島さまの勘定奉行さまを今夜招いておくれ。場所は吉原《よしわら》で」

「はい」

儀助が首肯した。

佐賀藩鍋島家は三十五万七千石、肥前《ひぜん》一国を領する外様《とざま》の雄である。関ヶ原《せきがはら》では石田三成《いしだみつなり》方であったが、敗戦が決まるなり旗幟《きし》を翻し、味方であった立花家の柳川城へ侵攻、徳川《とくがわ》の気を引き、生き残った。

大藩ながら、同族の支藩と係争したり、遠国《おんごく》大名の常として参勤交代の費用が嵩《かさ》むなどで、財政は大きく赤字に傾いていた。

「今宵《こよい》は、無理を申しましたにもかかわらず、ご足労いただきありがたく存じまする」

吉原の揚屋で房総屋は佐賀藩鍋島家江戸詰勘定奉行の前に手をついた。

「いや、房総屋の用とあらば、いつなんどきでもかまわぬが……」

武士と町人では身分が違う。だが、いつの時代も金を貸している者こそ、真の強者であり、借りている者は弱者になる。貸し主からの不意の呼び出しは、借りているほうにとっての恐怖である。

勘定奉行の態度が卑屈なものになったのも無理はなかった。

「まずは、一献。頼みますよ」

男の酌より、天女にまごう吉原遊女のほうがいいに決まっている。房総屋は部屋の隅で控えていた遊女に接待を命じた。

「あい」

わざと裾《すそ》を乱して近づいた遊女に、勘定奉行が鼻の下を伸ばした。

「……さて、本日ご足労願った用件に入らせていただきましょう。ちょっとさがっておいで」

しばらく料理と酒を楽しんだところで、房総屋が遊女をさげた。

「…………」

名残惜しそうに遊女の尻《しり》を勘定奉行が目で追った。

「別室を用意しております。用件がすみましたのちは、そちらへ」

「すまぬな」

初老に近い勘定奉行が頰を緩めた。

「で、頼みとはなにかの」

「鍋島さまは長崎にお詳しい」

酒が入って、少し気を緩めた勘定奉行に、房総屋が確認を取った。

「うむ。当家は長崎警固番を承っておるでな。庭のようなものである」

勘定奉行が首肯した。

長崎警固番とは、異国船の侵入に対する防衛戦力のことである。重要な割に、武士の配下の少ない長崎奉行の手助けをするため、九州《きゅうしゅう》の大名たちに幕府が兵を出させている。

年中長崎に詰める藩士を出すのが、佐賀藩、福岡藩、対馬《つしま》藩、平戸《ひらど》藩、熊本《くまもと》藩、小倉《こくら》藩の六藩で、万一のおりに援軍の兵を送るのが、薩摩、長州《ちょうしゅう》、五島《ごとう》、久留米《くるめ》、大村《おおむら》、柳川、唐津《からつ》、島原《しまばら》の八藩であった。

「お人も詰めておられましょう」

「ああ。屋敷があり、常時数十人配置してある」

「腕の立つお方も」

「異人との戦いを念頭に置いてのことじゃからな。国元でもそれと知られた者にさせておる……それがどうかしたのか」

勘定奉行が首をかしげた。

「じつは……」

房総屋が、事情を語った。

「幕府お医師どのより、南蛮《なんばん》渡来の技術を盗めと」

勘定奉行が目を剝《む》いた。

「盗めとは申しておりませぬ。手に入れていただきたいとお願いいたしておるだけで」

「手に入れろとは、盗めということであろうが」

平然としている房総屋に、勘定奉行が怒った。

「盗む以外に、交渉して教えてもらうなどもございましょう。他に長崎で南蛮人から、その技術を学ぶという方法もございましょう」

「無理を言うな。長崎警固役が、和蘭陀人《オランダ》と接触できるわけなかろうが。それこそ御上に、疑われる。警固の秘密を売ったのではないかとな」

簡単なことだと言った房総屋を、勘定奉行が睨《にら》んだ。

「そのあたりは、わかりかねますが……医者が江戸に帰り、お伝《でん》の方さまに報告をする前に……できるだけ前に手に入れていただきたい」

「南蛮渡来の秘術。女をかならず懐胎させる術などあるのか」

勘定奉行が疑念を口にした。

「あると考えて動くべきでございましょう。実際、お伝の方さまの命を受けた幕府お医師さまが長崎まで出向いておるのでございますよ」

「…………」

返された勘定奉行が沈黙した。

「もちろん、ただでなどとは申しませぬ。わたくしどもがお貸ししておりまするお金、その半分をなかったものといたしましょう」

「半分……」

勘定奉行が息を呑《の》んだ。

「さようでございまする。半分なくなれば、随分とお楽になるのではございませぬか」

「むうう、しかしだな。幕府お医師相手じゃ。下手をすると藩に傷がつきかねぬでの」

　餌を前に勘定奉行が渋った。

「半金棒引きではご満足いただけませんか。では、残り半金の利子を半減いたしましょう」

　さらなる条件を房総屋は加えた。

　商家と商家の融通は、互いに利のある場合が多く相身互いというのもあって、よほど酷《ひど》い状況でなければそれほど高額な利息はとらなかった。しかし、武家相手は違った。

　武家には増益が見込めないからであった。

　大名や旗本は石高という決められた範疇《はんちゅう》でやりくりをしなければならない。豊作や凶作で変動があるとはいえ、ほぼ一定の収入が確保されるのが武家である。収入がわかっていて、借金をするのは、支出を抑えられないからなのだ。つまり、金の勘定ができない、極端な言いかたをすれば、引き算がわかっていないと見える。

そんな連中に金を貸すには、それなりの条件がついて当然であった。その一つが高利であった。数年で元金を取り戻すくらいの高利で貸せば、武家はいつまで経っても元金が減らない代わりに、商人は儲《もう》かる。

「利子をなしにしてもらいたい」

勘定奉行が嵩にかかってきた。

「それはできぬご相談でございますよ」

房総屋が愛想笑いを消した。

「残念ですが、このお話はなかったことにさせていただきましょう」

「えっ……」

あっさりと引いた房総屋に勘定奉行が戸惑った。

「他にもおつきあいのあるお大名方はおられまするので。そちらにお願いをいたしまする。では、わたくしはこれで。ああ、ご安心を。今宵の勘定は、わたくしがすませておきますので、ごゆっくり」

「……………」

房総屋が立ちあがった。

勘定奉行は呆然《ぼうぜん》と房総屋を見送った。

商談といえるかどうかは別にして、破談になった以上吉原で長居をするわけにはいかなかった。勘定奉行は、急いで吉原から藩邸へと帰った。

「早かったの。吉原へ誘われたというので、屋敷へ戻るのは日暮れ前だと思っていたが。房総屋の用件はなんであった」

執務室で仕事をしていた江戸家老が、勘定奉行の姿を見て、首をかしげた。

「二人だけで話を」

「……わかった。一同遠慮せい」

他人払《ひとばら》いを求めた勘定奉行に、江戸家老が目つきを変えた。

「ご家老さま。房総屋がこのような提案を……」

他人がいなくなるのを確認して、勘定奉行が告げた。

「なんと、半金減額と利子半減。受けてきたのだろうな」

聞いた江戸家老が、勘定奉行に迫った。

「いいえ。相手は幕府お医師でございまする。それもお伝の方さまとかかわりのある者。下手に触れては、火傷《やけど》をすることになりかねませぬ」

己が欲をかいて破談にしたとは言わず、勘定奉行が首を左右に振った。

「なんだと。断った……この愚か者が」

江戸家老が勘定奉行を叱りつけた。

「その医師は長崎におるのだろう。話を聞くだけならば、子供でもできる。秘術を教える代償など、いくらでも用意できる。借財半額は、七千五百両を手に入れるに等しいのだぞ。それこそ千両くらいくれてやっても割に合うではないか」

「千両で売りましょうや。幕府お医師でございますぞ」

「金の嫌いな者はいない。もし、金で足りぬならば、国元の娘をくれてやればいい。金と女の両方で転ばぬ者などおらぬわ。損得勘定くらいできずに、なんの勘定奉行か。ええい、そなたは罷免じゃ」

「それはあまりに……」

首だと言われた勘定奉行が顔色を変えた。

「ならば、今すぐ房総屋に詫《わ》びて参れ。こちらからお願いしてくるのだ」

「は、ははっ」

江戸家老に叱責《しっせき》された勘定奉行が、慌てて出ていった。

二

富山周海《とみやましゅうかい》の診療所は、敷地は良衛《りょうえい》の屋敷より小さいが、造りなどははるかに贅沢《ぜいたく》なものであった。

「……………」

二十畳ほどある待合室の隅には火鉢があり、患者がいつでも飲めるようにと薬缶《やかん》がかかっている。さらに湯飲みの隣には、急須《きゅうす》まで置かれていた。

「あれは……」

「茶でござる」

「……茶とは、なんとも」

高価な茶葉を用意していると言われた良衛が驚いた。良衛でも茶を口にするのは、江戸城中の医師溜《だまり》か、裕福な患者へ往診したときくらいで、自ら買うことなどなかった。

「長崎は佐賀の嬉野《うれしの》茶の輸出港でございます。おかげで茶が他所《よそ》にくらべて、ずいぶんと安いのでございますよ」

それほどではないと富山が否定した。

「さて、お待たせしたかの」

富山が待合室にいた患者に声をかけた。

「最初のお方から、奥へ入られよ」

ていねいに富山が、告げた。

「……嘉右衛門《かえもん》どのか。肩の具合はどうじゃ」

診察室に入ってきた初老の患者に、富山が訊《き》いた。

「おかげさまで、少し上がるようになりました」

初老の患者が右手を伸ばして見せた。

「どれ、拝見」

富山が患者の右肩に触れた。

「ここは痛むか。ここはどうじゃ」

「先生、どちらも痛みまする」

患者が顔をゆがめた。

「腎虚《じんきょ》から来るものじゃから、すぐによくなるというものではない。根気よく薬を飲むしかないの」

富山が言った。

「薬を一月分出しておくゆえな。なくなったらまたお出《い》で」

「ありがとうございました」

一礼して患者が診察室を出ていった。

「先生、お薬はなにをお出しになられますか」

良衛は富山の処方に興味を持った。

「あの御仁は腎虚から来る肩の痛みでござるゆえ、身体を補してやらねばなりませぬ。そこで、身体を温める生姜《しょうが》、唐辛子に、滋養強壮を考えて当帰《とうき》、茯苓《ぶくりょう》を薬湯として服させるがよろしいかと」

富山が述べた。

腎虚とは、身体が弱っている、あるいは老化している状況を言う。

「あの患家の職業は、なんでございましょう」

「たしか……釘《くぎ》打ち鍛冶《かじ》師であったかと」

釘打ち鍛冶師は、建築で使う釘を作る鍛冶師である。日本刀を打つ鍛冶師と違い、釘の値段が安いため、数を打たなければならなかった。

「使い痛みではございますまいか」

鍛冶は熱した鉄を槌《つち》で打つ。相当な無理が利き手にかかった。

「なるほど。それもございますな。いや、さすがは幕府お医師。ご卓見でござる」

褒めたが富山は、治療法についての助言を求めなかった。

「……………」

形だけの称賛とわかった良衛は鼻白んだ。

「……どうやら、待っていた患家は片づいたようでござるな」

その後も、富山は淡々と患者を診ていった。

「お疲れでございました」

良衛はねぎらった。

「少し休みましょう。お茶を用意させますゆえ」

「いや、富山先生もお疲れでございましょう。続けて道具を拝見させていただき、わたくしは辞しますゆえ」

「さようでございますか。ゆっくりなさっていただいても」

「いや、初めてお邪魔して、長居は無礼でございましょう」

良衛は富山と居ることに苦痛を覚えていた。

「お気になさらずともよろしいが、そこまで仰せならば……」

少し不満そうな口調で、富山が認めた。

「では、藤原九左衛門《ふじわらくざえもん》の道具をご覧いただきましょう」

富山が、診察室奥の棚を開けた。

「初代九左衛門の南蛮流手術道具一式と言いたいところでございますが、二つほど欠けておりまする」

残念そうに富山が言った。

油紙で包まれた道具は、いつもていねいに手入れされているらしく、油をうっすらと浮かべていた。

「尖刀《せんとう》に、探針……これは剪挟《はさみ》か。これが五十年以上前の作……」

良衛は息がかからないように口を手で押さえながら、感嘆した。

「和蘭陀人医師が持ちこんだ道具をそのまま写したと言われております」

富山が自慢そうに胸を張った。

「まちがいございますまい。今の和蘭陀流外科術の道具は、手の小さな我らに合わせて、改造されておりまする」

言いながら、良衛は懐から持参の道具を出した。

「これはわたくしが使用しております道具でございまして、杉本忠恵《すぎもとちゅうけい》先生よりいただいたもの」

わかりやすいように良衛は自分の尖刀を藤原九左衛門作の隣に並べた。

「たしかに。そうやって並べていただくと、一目瞭然《りょうぜん》でございますな」

富山が良衛の尖刀を手にした。

「これは持ちやすい」

「先生がお使いの道具は……」

「矢切《やきり》先生のものより、いささか胴が太うござるな。ううむ。力が入れにくいか」

最後のほうは口のなかで呟《つぶや》くように富山が言った。

尖刀はへらの先に小さくした薙刀《なぎなた》のような反りのある刃をつけたものだ。主に、患部の切開に使用する。刃物どれにでも共通することだが、握りの状態で大きな違いが出た。細すぎては力を入れにくく、太すぎると力が入らない。

「そのあたりは、慣れと手の大きさの差でございましょう」

良衛は小さく首を振った。

「しかし、己の使いやすいように道具を注文すると高くつきますする」

「まさに」

富山の不満に良衛も同意した。

日本刀でも同じだが、数打ちものといわれる既製の品は安い。もっとも手術道具に既製品はなく、すべて注文制作になるが、それでも細かい指定をすればするほど手間がかかり、値段ははねた。本道医が開業するのにさほどの金がかからないのに対し、外道医は一財産要る。江戸で外道医が少ない原因の一つであった。

「せっかく長崎に来たので、手にはいるならば南蛮製の道具も買いたかったのですが……使いにくいようでは意味がございませんな」

良衛はため息を吐いた。

慣れていない道具を、南蛮渡来の銘品だからと使われては、患者が迷惑する。尖刀の先が一分ずれただけでも、大出血を起こすこともある。

「記念としてお求めになられれば、いかがで。扱っております店はよく存じておりまする。いささかお手伝いできるかと」

土産代わりに買うなら、値引きさせてみせると、富山が助言した。

「飾るだけのものに金を遣うのは……」

「幕府お医師とあれば、それくらいどうということはございますまいに」

富山が首をかしげた。

「寄合医師には、役料が支給されませぬ。まあ、登城せず、医術研鑽《けんさん》に努めるのがお役目ゆえ、本禄《ろく》しかなく」

情けなさそうに良衛が言った。

寄合医師、小普請医師は待機職である。仕事をしていないに等しいので、役料は与えられない。一応身分は幕府医師なので禄は支給されているが、本禄二百俵以下の場合、百俵の役料が支給される番医師よりも実収入は少なくなった。

「幕府お医師どのの禄とはいくらくらいなのでございましょう」

富山が良衛の顔色を窺《うかが》いながら訊いた。

「二百俵内外というところでございまする。わたくしは本禄百五十俵、表御番医師を務めていた間は五十俵をお足しおかれておりました」

良衛の矢切《やきり》家は、その出自が戦場医師と呼ばれる足軽身分であったため、幕府開闢《かいびゃく》以降は御家人として遇されてきた。それが今大路《いまおおじ》兵部大輔《ひょうべだゆう》の娘婿となったことで、旗本へと格あげになり、表御番医師となった。

「二百俵……年におよそ、百両ほどでございますか」

「米の相場で上下いたしまするし、玄米で支給されますゆえ、それよりは少なくなりまする」

玄米は精米で一割の目減りがある。幕府の一俵は一石の年貢分に等しい換算になる。五公五民、一石一両で勘定すれば、年収百両ほどであった。

「それは意外と……」

「少のうございましょう」

予想外だと目を大きくした富山に、良衛は苦笑した。

「奥医師まで昇れば、諸大名方の治療も請け負いますゆえ、ずいぶんと違って参りますが」

良衛は気落ちした富山を励ますつもりで、話をした。

「とある奥医師は、ご老中さまの治療に成功し、一度の薬料として千両いただいたとも聞きまする」

「一度で千両……」

富山が絶句した。

「いや、思わぬ長居をいたしました。今日はこれで」

昼餉《ひるげ》の頃合いにかかった。初めての訪問で昼餉を馳走《ちそう》になるのは、いくらなんでも気を遣う。あわてて良衛は富山の宅を辞した。

「やっと出てきた」

急いで寺町《てらまち》へと向かう良衛を幾《いく》が見送った。

「あやつらも意外と辛抱強い」

幾が冷たい目で、船乗り二人を見た。幾は、麻彦《あさひこ》と太郎《たろう》の会話から良衛に船乗りの刺客が送られたことを知って、様子を窺っていた。

「とても矢切さまの相手になりそうな輩《やから》ではありませんね」

船乗り二人の実力を、幾はしっかり感じ取っていた。

「しかし、供も連れずとは、矢切さまも緊張がたりませぬ」

感情が独り言のなかに含まれた。

「……どうやら延命寺《えんめいじ》へお戻りのよう」

幾がほっとした。

「一人残して、もう一人がどこかへ行くようですね」

船乗りが別行動になったことに幾が気づいた。

「あの一人ならば、三造《さんぞう》さんでも相手できましょう」

幾は残った船乗りではなく、足早に去っていく船乗りを追った。

長崎の港近くには、多くの蔵が並んでいた。その蔵通りを少し内に入ったところに、船乗りたちのたまり場となっている陋屋《ろうおく》があった。

「船頭、医者坊主を見つけやした」

若い船乗りが陋屋に駆けこんできた。

「猿《さる》、どんなやろうだ」

船頭が問うた。

「やたら身体のでかい入道で」

猿と言われた若い船乗りが答えた。

「でかいか。それだけでも面倒だな。でかいと重い。死体を運ぶのに苦労しそうだ」

船頭が嫌な顔をした。

「誰か、どこかで菰《こも》と荷車を用意しな」

「へい」

一人の船乗りが、陋屋を出ていった。

「いつやりますか」

「さすがに延命寺に討ち入るわけにはいかねえ」

船頭が首を横に振った。

隠れキリシタン対策として建てられた長崎の寺院は、長崎奉行の手厚い庇護《ひご》を受けていた。寺で暴力を振るえば、まちがいなく町方が出てくる。

「長崎奉行をできるだけ敵に回したくねえ。抜け荷のうまみが濃い長崎に戻れなくなるのは痛いからな」

「へい」

船頭の言葉に、船乗りたちもうなずいた。

「医者坊主が寺町から離れたところをやっつける」

「出てこなかったらどうしやす」

猿が問うた。

「だからてめえはいつまでも追い回しなんだ。おいらの船に乗りこんで、何年になる。まったく、少しは頭を使え。いいか、相手は医者だぞ。それをねぐらから誘い出すのは簡単だ」

「…………」

わけがわからないといった顔で猿が船頭を見た。

「死ぬまで追い回しだな、おまえ」

船頭が嘆息した。

「急患で往診をと頼めば出てくるだろうが」

「あっ」

言われた猿が声を出した。

「わかったならば、準備だ。そうよな、港で人が怪我をしたとでもするか。できるだけ船に近いところで、始末したほうが、運搬が楽だ」

船頭が、思案した。

「猿、おめえは見張りの三郎吉《さぶきち》のところへ報《しら》せに行け。医者が出てきたら、後をつけてこい。背後から人が来ねえように壁になれ」

「へい」

猿が出ていった。

「鱶蔵《ふかぞう》、おめえ、医者を呼び出せ。そして、そこの角まで連れてこい。呼び出す理由は、さっき言ったとおりだ。荷が崩れて人足が下敷きになったとな。そうよなあ、刻限は日暮れ直前だ。途中で提灯《ちょうちん》に灯《あか》りを入れろ。そうすれば、遠くからでも近づいているのがわかるからな。こっちの準備ができる」

「承知」

鱶蔵がうなずいた。

「残りは、おいらと一緒に待ち伏せをする。医者坊主がここまで来るのは、おそらく日が暮れてからになる。しっかり足下を見ておけ」

「合点だ」

残っていた三人の船乗りが従った。

陋屋とはいえ屋根はあった。さすがに雨が入ってきては休憩さえできなくなる。継ぎ板を何枚も打ち付けた屋根の上で、幾がなかの様子を聞いていた。

「このていどの頭と腕で、矢切さまを討ちとろうとは」

鼻先で幾が笑った。

「手助けは要りませぬな。なれば、南蛮屋の二人がさらなる馬鹿をしないかどうか、見張るとしましょう。できれば、矢切さまを狙う理由を知りたいですしね」

身を平たくしていた幾が、すっと消えた。

三

富山の診療所から戻った良衛は、結局なにもすることなく、一日を終えようとしていた。

「そろそろ夜具を敷きましょう」

三造が、残照の色合いを見た。

「そうだな」

寄宿している身分で、費用のかかる灯りを求めるわけにはいかなかった。

「灯明を二つほど西海屋《せいかいや》どのから借りよう。日が落ちるなり夜具にはいるのは、あまりにもったいない」

「はい。明日にでもお願いいたしましょう。油も一升ほど買い求めまする」

雑務は三造の仕事である。

「頼む」

良衛は身につけていた袴《はかま》を脱ぎ、夜着への着替えを始めようとした。

「矢切さま、急患だそうでございまする」

世話役の僧侶《そうりょ》、宣峰《せんほう》が走りこんできた。

「まことでござるか」

良衛は勢いこんだ。

「はい。港で荷崩れ事故があったそうで、すぐに来て欲しいと」

宣峰が、唾《つば》を飛ばした。

「三造」

「準備はできておりまする」

振り向いた良衛は、三造が薬箱を手にしているのを見た。

「よし。参るぞ」

急いで袴の紐《ひも》を結び直した良衛が離れを飛び出した。

延命寺の山門に鱶蔵が立っていた。

「待たせた。医師の矢切良衛だ。患家はどこだ」

「こちらで」

鱶蔵が先に立った。

「なにがあった」

急ぎ足で港へ向かいながら、良衛は状況を問うた。

「船から荷下ろしをしておりやしたとき、積んでいた荷物が何かの拍子に崩れやして」

鱶蔵が述べた。

「下敷きになった者の状況はどうなのだ」

続けて良衛が訊いた。

「急いで先生をお迎えに出たので、その辺りは」

ごまかすように鱶蔵が言った。

「そうか」

「ちょいとお待ちを。日が落ちましたので、提灯を」

足を止めた鱶蔵が、手にしていた提灯をつけた。

「………………」

その様子を良衛は黙って見ていた。

「もうちょっとでございまする」

丸山《まるやま》をこえて、暗い海が見えてきた。

「あの蔵の角を右に曲がったところで」

鱶蔵が手の代わりに提灯を前に出して示した。

「……三造」

重い声を良衛が出した。

「………………」

無言で三造が首肯した。

「船頭、案内してきやしたぜ」

角を曲がった途端、鱶蔵が大声を出して走り出した。

「よくやったぞ」

待ちかまえていた船頭が、鱶蔵を受け入れて褒めた。

「誘い出したようだが、金の持ち合わせなどないぞ」

落ち着いた声で言いながら、良衛は懐の手術道具を留めている紐を解《ほど》いた。

「おい、気づいているぞ。鱶、てめえ、ばれるような下手をうちやがったな」

落ち着いた良衛の対応に、船頭が驚いた。

「そんなことはありやせんぜ。あっしはなにも失敗してやせんよ」

鱶蔵が濡《ぬ》れ衣《ぎぬ》だとわめいた。

「……気づいていなかったのか。おまえは自分の口からばらしたのだぞ」

良衛が笑った。

「ほざくな。おいらがなにを言ったと」

鱶蔵が疑われてはかなわないと良衛に噛《か》みついた。

「患者の容態を訊いたとき、取るものもとりあえず、愚昧《ぐまい》を呼びに来たと言ったであろう。そのくせ、しっかり提灯を用意している。おかしいではないか。慌てていたなら、提灯のことなど思いつくはずもない」

「……この馬鹿が。てきとうに骨が折れてるなどとごまかしておけばすんだものを」

船頭があきれた。

「すいやせん」

鱶蔵がさがった。

「さて、まだ長崎へ来て十日も経ってはいない。会ったのもお奉行をはじめ二十名にも足らぬ。命を狙われる理由に思い当たらぬのだが。理由はなんだ」

やわらかい口調ながら、良衛は船頭を詰問した。

「金だなあ」

船頭が答えた。

「誰に頼まれた」

三造が続けて尋ねた。

「忘れちまったなあ。しつこいやつは、船に乗れねえ。いつまでも陸《おか》の女に気を残すようでは困るだろう」

話を船頭がずらした。

「さて、野郎ども、片づけてしまえ。できるだけ血を流すなよ。返り血を洗うのも邪魔くせえからな」

船頭が手を振った。

「っしゃああ」

若い船乗りが、船の碇綱《いかりづな》を断ち切るための手斧《ておの》を振りあげて近づいてきた。

「そんな大振り、当たるわけなかろうが」

力任せに振った手斧の右斜め前へ身体を滑らせ、良衛はこれをかわした。

「うわっ」

渾身《こんしん》の力で殴りかかった若い船乗りは、手斧の勢いに引きずられた。

「馬鹿め」

よろめいて胴をがら空きにした若い船乗りを三造が蹴《け》り飛ばした。

「ぐえええ」

胃の腑《ふ》を蹴破られた若い船乗りが血を吐いて倒れた。

「ちっ、役立たずが」

船頭が戦力から外れた若い船乗りを罵《ののし》った。

「気合いいれていかねえか。おい、三郎吉、猿。おめえらも加われな。後の爺《じじ》いを片づけろ」

後に控えていた二人を、船頭が参加させた。

「後に二人。合わせて七人。一人削ったから六人。後を任してもいいな」

良衛は三造に声をかけた。

「大事ございませぬ」

三造が応《こた》えた。

「愚か者どもが」

薬箱を置いた三造が、三郎吉と猿へと向かった。

「一人くらい、さっさと片づけろい。おいらの手を煩わすんじゃねえぞ」

船頭が鱵蔵を始めとする三人の船乗りに命じた。

「おう」

鱵蔵が匕首《あいくち》を抜いた。

「おめえら、同時に行くぞ」

「兄い」

「あいよ」

鱵蔵の合図で三人が良衛に迫ってきた。

「……………」

用意されていた灯りのなかでは、相手の表情はよくわからない。目の付けどころなどで、どこへ来るかを読むことはできなかった。

誰が最初にかかってくるかがわからない。良衛は懐の尖刀を右手で摑《つか》み、左から近づく相手に投げつけた。

「ぎゃっ」

顔を狙って外れては困る。頭は小さく、よく動く。当たれば必殺になるが、外れることも多い。今は、必殺を期すより、三人同時の状況を崩すべきと考えた良衛は、大きな胴体を狙った。

胸に刺さったとはいえ、尖刀の刃渡りは一寸（約三センチメートル）少ししかない。致命傷にはほど遠いが、その痛みは強い。男一人を竦《すく》ませるには十分であった。

「来い」

良衛は投げた勢いで左に流れた右手で柄《つか》を摑み、素早く腰の太刀を抜きはなった。

「くたばれ」

度胸だけで荒海を生き抜いてきた船乗りである。太刀を見て臆《おく》することはなかった。

「死ね」

鱶蔵ともう一人が、わずかなずれで斬りつけてきた。

「ぬん」

右から来た船乗りは、中央の鱶蔵が壁になり、半歩踏みこみが甘かった。その差を良衛は利用した。

「ぐわっ」

鱶蔵の喉《のど》に、良衛が突きだした太刀の切っ先が喰《く》いこんだ。

「兄い。てめえ」

出遅れた船乗りが、即死した鱶蔵を見て叫んだ。

「このやろう」

手にした匕首をえぐるようにして、下から突いてきた。

勢いのついた匕首は、まだ突きだした太刀を引き戻せていない良衛の右脇腹へと迫った。

「なんのう」

良衛は太刀を捨てて、身体を左に倒した。

「ぐうっ」

戦いの最中に武器を手放すのは、敗北を認めるも同じである。だが、武器にこだわって命を失うのは愚か者の行為であった。自ら身体を地に投げ出した痛みに呻《うめ》きながらも、良衛は船乗りから目を離していなかった。

「へっ」

不意に目の前から消えた良衛に、船乗りが戸惑った。

「えいっ」

その足を良衛は転がった姿勢で払った。

「あわっ」

船乗りが見事に転んだ。

「痛《い》てえ」

手にしていた匕首で、どこかを傷つけたらしい若い船乗りが苦鳴を漏らし、動きを止めた。

「…………」

良衛は、追い打ちをかけず、立ちあがることを優先した。

起きあがるとき人は大きく体勢を変える。それはどのような名人上手でもなくすことのできない隙であった。

良衛の剣術は矢切家が受け継いできた戦場の技である。いや、技というのもおこがましい、生き残るために編み出されたあがきであった。

足軽は生き残っていくらだった。戦場で最初に敵と当たり、負け戦のときはまっさきに見捨てられる。死ねば、それまで。さすがに譜代の足軽であれば、家督は継げるが、それだけでしかない。討ち死にした場合の補償などなかった。勝ち戦でも死ねばそれまでであった。

となれば生き残るしかない。生きている者だけが、勝利の恩恵にあずかる。どれほど無様であろうとも、卑怯《ひきよう》未練と誹《そし》られようとも、生きていた者が勝つ。

良衛の剣術は、美しさの欠片《かけら》もないが、もっとも生き残りに適していた。

「くそがあぁ」

足をかけられた船乗りが起きあがろうとした。片手を突き、落ちている匕首をもう片方の手で拾おうとした。

船乗りの身体の重心が大きくくずれた。この状態になれば、不意の動きへの対応が遅くなる。良衛は見逃さなかった。

「しゃっ」

抜き撃ちに払った脇差が、船乗りの襟首を削《そ》いだ。

襟首には人の身体を動かす脳の端がある。ここを傷つけられれば、呼吸すらまともにできなくなる。船乗りは海老《えび》のように身体を反らせた。

「役立たずどもが」

次々と脱落していく配下に、船頭が吐き捨てた。

「まあいい。このていどでくたばる連中なんぞ海賊に襲われたときの役にもたたない。無駄飯喰らいが減ったと考えればいい」

「随分な言いぐさだな」

太刀を手に戻した良衛があきれた。

「四人いなくなったのだぞ。おまえ一人で勝てるのか」

良衛が挑発した。

嘲《あざけ》りを受ければ、頭に血が上る。頭に血が上れば、身体に余分な力が入る。力が入った筋は、硬くなり伸びなくなる。それを良衛は狙った。

「なめるなよ。医者風情が。人を殺すのは、こちらが優《まさ》る」

ゆっくりと屈《かが》んだ船頭が地面に置いていた得物を摑んだ。

「……これの相手ができるのか。そんな細い刀で」

にやりと笑った船頭の手には、大きな反りを持つ独特の形をした刀があった。

「それは……」

良衛は初めて見る刀に目を細めた。

「清《しん》国の武器、青竜刀よ。打ちあえば、刀なんぞ、一撃でへし折れるぞ」

子供の背丈ほどもある青竜刀を船頭は片手で振り回した。

「…………」

良衛は沈黙した。

「はあっ」

間合いを一気に狭めて、船頭が青竜刀で斬りかかってきた。

「……くっ」

良衛は大きく後ろへ跳んで、これを避《よ》けた。

初めての武器と戦うときは、勝手がつかめない。どのていど伸びるかもわからないのだ。間合いさえ測れなかった。日本刀相手ならば、三寸（約九センチメートル）の見切りができる良衛だが、青竜刀相手では遠めに逃げるしかなかった。

相手の攻撃はぎりぎりでかわすのが、もっとも正しい。身体を動かす範囲が小さくてすむため体勢を崩さず、かわした後すぐに反撃に移れるからであった。

とはいえ、見切りをまちがえば、一撃が身体に喰いこむ。ぎりぎりでかわす余裕を良衛は失った。

「死ね、爺い」

猿が三造に匕首を突きつけた。

「止めときな。子供のおもちゃじゃねえぞ」

三造があしらった。

「舐《な》めるな、年寄りが」

猿が突っこんできた。まともな武芸を学んだこともない無頼のやることは、いつも同じである。目を閉じてまっすぐに匕首を突き出してきた。

「…………」

無言で三造が避けた。

勢いだけの突っこみは、まっすぐ来る。避けるのは容易だが、受け止めようとしたらその勢いに押されて、思わぬ怪我をする。

戦いの最中に傷を負う。

かすったような傷でも、痛みは集中力を奪う。また、出血が続けば、やがて体力を失う。

このていどなら大丈夫だと油断して、そのまま致命傷になることもあった。

「逃げるな」

たたらを踏んで止まった猿が、罵りながらもう一度匕首を構えた。

「命は惜しいものぞ。粗末にするな。まあ、若いうちはわからぬだろう。度胸だめしなら死んでもいいと思っている」

三造が、ちらと三郎吉に目をやりながら言った。

「寿命まで何十年あると思えるからこそなのだろうがな。少しは考えろ。老い先短い儂《わし》なんぞ、ここで死んでも損は寿命十年、だが、先のあるおまえが死ねば、寿命五十年の損だぞ」

若い者の無謀を三造は諫《いさ》めた。

「やかましい」

猿がふたたび突っかかってきた。

「……そうか」

聞く耳を持たない猿に、三造は手にしていた脇差をぶつけた。

「ぎゃっ」

脇差と匕首では刃渡りが違う。よほど遅れて出さない限り、脇差が先に届く。猿の喉を三造は斬り裂いた。わずかな火灯りのなかに、赤い血の帯ができた。

「悪いの。儂は他人の五十年より、己の十年、いや一日が惜しい」

小さく三造が詫びた。

「爺い、てめえ」

三郎吉の声に殺気が籠《こ》もった。

「横で見ていただけで助けもせず、若い者を死なせておいて、今更か。つごうのよい」

三造が吐き捨てるように言った。

「くたばりぞこないが……」

匕首を振り回し、身体ごとぶつかっていく味方がいるあいだは、横からの手出しがしにくい。敵しか見えていない味方が、前に飛び出してきたり、下手すると味方へ突っこんでくることもある。事実として傍観するしかないのだ。

三郎吉の怒りが激発した。

「死にやがれ」

己を鼓舞する意味も含めて、大声をあげた三郎吉が道中差を振りあげた。

道中差は、帯刀を禁じられている庶民に許された、正確には黙認されている武器であった。その名前の通り、道中で狼や熊などの猛獣、山賊らに襲われたとき、身を守るための武器であった。

脇差より少しだけ長く、太刀よりは短い。

もちろん、普段からの持ち歩きは厳禁だが、草鞋《わらじ》さえ履いていれば道中との言いわけができるため、無頼で少し金に余裕のある者の多くが腰に差していた。

「……ほう」

思ったよりも鋭い切っ先に、三造が感心した。

「何人か、斬ってるな」

三造が三郎吉を睨んだ。

「海賊相手に命がけの戦いをやってるんだ。てめえらとは違う」

三郎吉が言い返した。

「そうか。襲い来た者だけを退治していればよかったものを……善良な者にも手出しをしているだろう。切っ先に迷いがない」

「それがどうした。善人が一人や二人、死んだところで世間は変わらねえ。気にする者もいやしねえよ」

反論しながら、三郎吉が道中差を薙《な》いだ。

「甘いな」

三造が笑った。

良衛の父蒼衛《そうえい》から、剣術を仕込まれた三造である。今でも良衛との間で稽古《けいこ》を欠かしていない。薙ぎが届くかどうかの見切りは容易であった。

「……なにっ」

薙ぎは一定の範囲を支配下に置く。だが、切っ先が過ぎた後の場所は、まったくの安全圏になった。逆に戻すには、勢いを殺したうえで、手首を返さなければならず、一拍遅れる。そのまま巻き戻すように刃物を動かせても、相手に当たるのは峰になり、傷を負わせることはできない。

滑るように間合いをなくした三造に、三郎吉が目を剝いた。

「ここで峰打ちをするほど、儂は優しくないでな。あの若いのが、黄泉路《よみじ》で迷ってはいかぬ。同行してやれ」

冷たく言うと、三造は脇差で三郎吉の鳩尾《みぞおち》を貫いた。

「……た、たすけてくれ」

鳩尾をやられても、即死するとはかぎらなかった。肺腑と消化器系の内臓を区切る横隔膜の動きが止まり呼吸できなくなって窒息するか、あるいは失血死するか、重要な臓器をやられたと感じた脳が、死を選択するまで意識はある。

三郎吉がすがるような目で、三造を見た。

「…………」

無言で三造が三郎吉の身体から脇差を抜いた。

「……さて、若先生は」

崩れ落ちる三郎吉を見もせず、三造が振り向いた。

四

かつて青竜刀は青銅で作られ、その重さで敵を叩き割っていた。やがて鉄製に変わり、切れ味は格段にあがったが、青竜刀の戦いかたは同じであった。

「はっ」

青竜刀を片手で右斜めから左下へ向かって振り落とす。

「ふうっ」

地面を擦《こす》った反動で、青竜刀を上へと返す。

船頭の身体の前で、青竜刀が交差を繰り返していた。

「…………」

青竜刀の本質は刀ではなく、棍棒《こんぼう》や槌《つち》と同じく打撃武器である。峰だからと迂闊《うかつ》に受ければ、骨がくだける。当たりどころによっては、即死しかねない。

良衛は攻め入る隙を見いだせなかった。

「受けるという選択はない。刀が折れては、ご先祖に申しわけない」

良衛の太刀は先祖が戦場で手に入れたものだと伝えられている。名のある武将とまではいかなくても、一廉《ひとかど》の者が持つ太刀は、数打ちものとは違った。その武将が討ち取られたとき、戦場には武器が残る。それが味方のものならば、後で返さなければならないが、敵のものであれば、取った者勝ちとなる。良衛の太刀が、家格、禄に比して、かなりよいものなのは、先祖のお陰であった。

「尖刀を投げようにも、使ってしまったし」

最初に懐の手術道具から尖刀を抜き、投げてしまっていた。

「どうした。手も足もでねえか」

船頭が夜目にも白い歯を見せて、笑った。

「剃刀《かみそり》のように薄い刀なんぞ、この青竜刀の一撃で竹篦《たけべら》のように折れるからな」

自慢しながら、船頭が近づいてきた。

「あきらめて、首を出しな。一撃で飛ばしてやる。痛みを感じる暇もなくな」

船頭が勝ち誇った。

「あいにく、医者は命に対して、あきらめの悪い者と決まっている。最後まで抗《あらが》うさ」

良衛は余裕を見せた。

「その口、きけなくしてやる」

一気に船頭が、間合いを詰めてきた。

青竜刀の刃渡りは、三尺（約九十センチメートル）をこえていた。対して良衛の太刀は、戦国造りの肉厚なものだが、長さは二尺二寸（約六十六センチメートル）しかなかった。これは、三代将軍家光《いえみつ》が出した打ち刀規制、それを強化した四代将軍家綱《いえつな》の令を受けて、寸を詰めたためであった。

「…………」

大きく良衛は後ろに跳んで間合いを空けた。

「ふん。おいらが疲れるのを待っているのだろうが……」

船頭が口の端をつりあげた。

「半刻《とき》（約一時間）は振り回せるぜ。それまで逃げ切れるか」

「ちっ」

笑う船頭に、策を見抜かれた良衛は舌打ちをした。

「……………」

ちらと良衛は、三造を見た。ちょうど、三郎吉を倒したところであった。

「これならば」

良衛は思いついた。

「三造、引田屋《ひきたや》まで走れ。人を呼んで来い」

「……はい」

ほんの少しだけ考えた三造が、良衛の意図を理解した。

「くそっ」

通行を妨げていた三郎吉と猿が倒された。もう、人を遮るものはなかった。

「奉行所まで行かずともよいぞ。こやつの顔をできるだけ多くの人に見て貰《もら》えばすむ」

わざと良衛は付け加えた。

「まずい」

船頭が焦った。

長崎は交易で成り立っている町である。そして陸路で長崎から出るには、日見峠《ひみ》をこえなければならず、かなり困難であった。

長崎から物品を運び出すのは、船が主になる。船で博多《はかた》、あるいは門司《もじ》、遠くは堺《さかい》まで運んで、そこから陸路を進むのが便利であった。

当然、船頭は長崎で有名人である。顔もよく知られている。引田屋のように客を迎えるのが商売の遊女屋に勤めている男衆が、その顔を見間違うはずはなかった。

名を知られた船頭が、人を殺そうとしている。たとえ逃げ出せても、その後の手配は避けられなくなる。

「この野郎」

顔を赤くした船頭が、力任せに青竜刀で殴りつけてきた。

「うわっ」

風切り音まで伴った勢いに、良衛は押された。

「さっさと死んじまえ」

船頭が全力で、青竜刀を下から斬りあげてきた。

「くぅ」

最初の一撃を避けるために、体勢を崩している。良衛は、かわすのが精一杯で、反撃できなかった。

「てめえの、おかげで、うちの船は、人手不足に、なっちまった」

息継ぎを繰り返しながら、船頭が青竜刀を振り回した。

「勝手なことを言うな。そちらが襲い来たのだろう。返り討ちを恨まれては、たまらぬわ」

反論しながら、良衛は船頭の動きから目を離さなかった。

「……人の話し声が聞こえないか。どうやら、三造が戻ってきたらしい」

続けて良衛は揺さぶりに入った。

「聞こえねえな。引田屋まで往復するには、ちと早すぎる」

船頭は動揺しなかった。

「そうか。店まで行かなくとも、丸山遊郭にはいくらでも見世はある。手近な見世から人を呼んだのではないかな」

「…………」

重ねた良衛に船頭が黙った。

「見ろ、ここにいたる道が明るくなってきたぞ。提灯だろうなあ、あれは」

さらに良衛が煽《あお》った。

「ちぃい」

船頭の顔色が変わった。

「逃げるか」

「だめだろう。おまえの手下が六人も転がっているんだ。こいつらの顔を知っている者もいるだろう。長崎奉行所がおまえにたどり着くにはさほど苦労はないと思うぞ」

逡巡《しゅんじゅん》した船頭に、良衛が告げた。

「…………」

「いかに無頼に近い船乗りとはいえ、六人も死んだのだ、奉行所も放置はできまい」

良衛は油断せず、間合いをしっかりと測っていた。

「おめえこそ、奉行所に捕まるだろうが。六人も殺したんだ」

船頭が言い返してきた。

「知らなかったのか。愚昧は幕府寄合医師である」

「……えっ」

身分を聞かされた船頭が絶句した。

「御上の御命を受けて長崎まで医学研鑽に来た。それを襲ったのだ。返り討ちにして、なんの咎《とが》めがある」

良衛が述べた。

「あのやろう、的の正体を隠していやがったなあ」

船頭が南蛮屋《なんばんや》長崎店の太郎に怒った。

「自業自得だな。どうする。頼んだ相手の名前を明かすならば、愚昧が長崎奉行どのに、口をきいてもよいぞ」

権威付けをするため、良衛は長崎奉行を同格扱いにした。

「……人が来る前に、てめえを殺してしまえば、すむ話だ。たしかに、こいつらから、おいらまでたどり着くのは簡単だろうが、こっちにもつきあいのあるお方はいる。そこに一日いたことにしてもらえば、こいつらが勝手にやっただけと言い逃れられるさ」

船頭が手段を思いついた。

「人殺しを匿《かくま》うような店があるのか」

「ふん。抜け荷を何度運んだと思ってる。おいらが名前を出すだけで、長崎の大店《おおだな》がいくつつぶれるか」

良衛の疑問に、船頭が自信を取り戻した。

「死にさらせえ」

一層強く船頭が、青竜刀を振り回し、迫ってきた。

「…………」

すさまじい力に、良衛は後退するしかなかった。

「……しまった」

良衛の踵《かかと》が、なにかに当たった。

背後を見る余裕を失った良衛は、いつの間にか並んでいる蔵の前に追いつめられていた。

「苦労させやがって」

船頭がにやりと口をゆがめた。

「……くっ」

すでに青竜刀の間合いに入っていた。刃渡りが長い上、構造上片手で振り回す青竜刀は、かなり伸びる。左右に逃げるのも難しかった。

「じゃあな。坊主。どんな医者でも助けられないよう、首を斬り飛ばしてやる」

大きく踏みこんだ船頭が、青竜刀を良衛の首めがけて振り下ろした。

「おう」

良衛は腰が抜けたように、身体を落とした。

「……がっっ」

渾身の力を入れた船頭が呻いた。青竜刀は標的である良衛を失い、そのまま蔵の壁を裂いて止まった。

「近づきすぎだ」

良衛は太刀を天に向けて突きあげた。

「はふっ」

股《こ》関節から下腹へと良衛の太刀が喰いこみ、船頭が白目を剥いた。

「睾丸《こうがん》にあたったか」

急所をやられると、男は白目を剝くことが多い。

「ふううう」

両手を太刀から離して、良衛は大きなため息を吐いた。

「なんとか死なずにすんだ」

勝ったとはとても言えなかった。

「腰が痛い」

生きるためとはいえ、受け身もなにもなしに尻をついたのだ。良衛はまともに尾てい骨を打っていた。

「いつまでも寝ているわけにはいかんな」

良衛は己をまたぐようにして息絶えている船頭の下からはい出した。

「ぬん」

立ちあがった良衛は、握っている青竜刀に支えられて崩れていない船頭の前に回った。

「太刀を返してもらうぞ」

そう言って、良衛は船頭の手を開いた。支えを失った船頭が倒れた。放っておくと太刀に肉が巻き付いて、抜きにくくなる。

「…………」

横たわった船頭の股間から生えたような形になっている太刀の柄を良衛は掴み、ゆっくりと太刀を抜いた。一気に抜くと、傷口から飛び散った血を浴びる。血は衣服に付けば、取れなかった。

「若先生」

そこへ灯りが近づいてきた。

「三造。ここだ」

太刀に付いた血を手ぬぐいで拭《ふ》きながら、良衛は手を挙げた。

死屍《しし》累々とはこのことだと言わぬばかりの状況に、三造に連れられてきた引田屋の男衆の顔色は蒼白《そうはく》であった。

「お奉行所に……」

男衆が走り回るなか、良衛は太刀をゆっくりと鞘に戻し、投げた尖刀を回収した。

「……先が欠けたか」

尖刀の切っ先を灯りに透かした良衛は嘆息した。

「研げばすむが、短くなるな」

良衛は尖刀を道具入れに戻した。

「お怪我などは」

「ないな」

三造の確認に、良衛は大事ないと手を振った。

「しかし、青竜刀とは、予想外だったな。さすがは長崎というべきか」

転がっている青竜刀を良衛は見た。

「重そうでございますな」

三造も青竜刀を見つめた。

「考えの根本《こんぽん》が違うのだ。青竜刀は重さで叩き斬る。日本刀は切れ味で引き斬る。力任せか、技か。この違いが、国の色なのだろうな」

良衛は述べた。

「なるほど。技といえば、本邦」

三造が首肯した。

「清国の武器がこれならば、和蘭陀の刀はどうなのだろうな。今度、商館長どのにお願いして見せてもらおう」

良衛はオランダの武器に興味を持った。

「それにしても……幾はなにをしておったのやら」

三造の声に怒りが混じった。

「そういえば、姿を見ぬな」

言われて良衛は、幾を最近見ていないと思い出した。

「まったく、勝手に付いてきておきながら、若先生の危機に馳《は》せ参じないなど論外でございまする。今後の同行は断りましょう」

三造は憤怒《ふんぬ》していた。

「幾もお役目だからな。そのうち顔を出すだろう。幾の任は、吾《われ》が和蘭陀流産科術を身につけるのを確認して、江戸へ帰るまで警固することだ。こやつらていどならば、問題ないと読んだのであろう」

良衛が幾をかばった。

「若先生……」

疑いの目で三造が良衛を見た。

「なんだ」

「お気に入りでございますか。たしかに美形ではございますが」

「勘違いするな」

良衛は三造の思い違いに驚いた。

「長崎奉行所である。神妙にいたせ」

十数人が駆けつけてきた。

「幕府寄合医師矢切良衛である。無体を仕掛けてきた無頼を返り討ちにした。奉行の川口《かわぐち》どのにお報《しら》せいただきたい」

良衛は大声で名乗った。

これだけの惨状である。奉行所はあるていど事情を聞いていても、血まみれの現場を見れば、冷静な判断は難しい。捕まえられてしまっては、面倒なことにもなりかねない。

良衛は旗本という身分を表に出して、町方を牽制《けんせい》した。

「寄合医師さま……」

それを聞いて長崎奉行所同心の勢いがしぼんだ。

「いきなり襲いかかってきたので、やむを得ず相対した。金でも欲しかったのであろうか」

良衛はごまかした。

「……強盗でございますか」

同心が、倒れている連中を見た。

「旦那、こいつを見たことがございやす」

町方が、船頭を指さした。

「どいつだ」

同心が訊いた。

「港に泊まっている船の船頭だと」

「船頭だと」

聞いた同心が苦い顔をした。

「どこの店の船だ」

「決まった店を持っていなかったと覚えておりまする」

町方が否定した。

「そうか」

同心があからさまにほっとした表情を見せた。

「船はわかっているな」

「へい」

確認された町方が首肯した。

「五人ほど連れて、船を押さえろ。笹見《ささみ》、そなたが指揮を執れ」

老年の同心が壮年の同心に指示を出した。

「もうよいか。帰らせてもらおう」

町奉行所の手配が終わるまで待ってもいられない。良衛は同心に告げた。

「お医師さまには、お手数でございますが、明日奉行所までご足労いただきたい」

逃亡の怖れもない。あったとしても旗本を町奉行所が捕縛するわけにもいかない。同心は良衛に条件を出し、去ることを認めた。

「承知した」

長崎にありながら、奉行所を敵に回す。それは良策ではなかった。良衛は同心の求めに応じた。

第四章　海陸騒動

一

長崎《ながさき》奉行所は、困惑していた。

「徹底して、船乗りどもを洗い出せ」

川口宗恒《かわぐちむねつね》奉行の厳命が原因であった。

異国との接点である長崎は、その治安も安定していた。唐物と呼ばれる交易品を扱う商家はどこも裕福であり、己の財を守るだけの力を有している。また、長崎警固を命じられた諸藩が数十人の藩士を駐留させている。

長崎奉行所の人員が少なくとも、犯罪などの発生は、極めて少なかった。長崎奉行所の役人たちは、治安維持というより交易関係の事務方が主であり、武芸など身につけていなかった。

その町方同心に、気が荒く、腕っ節も立つ船乗りたちの捕縛や尋問などできるはずもなかった。

良衛《りょうえい》が襲われた一件を報告された川口は、直ちに人を出して船頭の持ち船を調べた。その船のなかから、大量のご禁制品が発見された。

「南蛮《なんばん》だけでなく、清《しん》国の品も見受けられる。船乗りがこれらを私有するはずはない。かならず買い手がいたはずだ。探し出せ」

抜け荷の摘発は長崎奉行所の重要な役目であり、川口の指示は妥当なものであった。

ただし、命令が正しいものであっても、それを実行する者がいなければ、張り子の虎でしかなくなる。長崎奉行所は、まさにその状態であった。

「どういたそうぞ」

長崎奉行所の与力が、同僚を相手に難しい顔をした。

「すべての船を調べるなど、できませぬぞ。今回の一件は、船頭が死んでいたゆえ、船を押さえられましたが、港から出られてしまえば、追いかけるわけにも参りませぬ」

同僚も嘆息した。

長崎奉行には、長崎警固の諸藩を指揮監督する権限が与えられていた。そして、諸藩は長崎港に、異国船侵入対策として水軍を置いている。その水軍を動かせば、抜け荷船を捕らえられるはずであるが、現実はそうはいかなかった。

「出島《でじま》町人衆は抜け荷に敏感ゆえ文句を言わないだろうが、商人たちがなあ……」

歳嵩《としかさ》の与力が情けない顔をした。

長崎に店を構える商人たちは、どこも専属の船頭を抱えていた。その船頭の持ち船から、抜け荷の証《あかし》が出れば、店にまで奉行所の手が入る。

「……うかつなまねはできませぬ」

与力たちが顔を見合わせた。

長崎奉行所に勤務する与力、同心は江戸《えど》から出向して来ていた。家族を連れていくことは許されず、単身での赴任で任期も決まっていないが、やはり人気のある役目であった。

その人気のもとは、余得、すなわち金であった。

長崎奉行のように一度やれば三代裕福といわれるほどではないが、それでも長崎奉行所勤めを経験すると、かなりの蓄財ができた。

商家からの付け届けがすさまじいのだ。

さすがにどれほどの金を積まれても、抜け荷を見逃すことはない。とはいえ、些《さ》細《さい》なことで店を調べられては面倒だと考える商家が、奉行所あてにそれなりの金を届けてくる。こうして集まった金を、長崎奉行所に属するすべての者で分配する。与力は多め、門番小者は少なめになるが、全員に金は渡る。

つまり全員が共犯であった。下手に仲間はずれを作って、訴人されるよりはましだからである。結果、長崎奉行所は、商人たちと馴れあっていた。

「平戸屋《ひらどや》に話をしてみようと思う」

歳嵩の与力が案を出した。

「たしかに。平戸屋は出島ができたころよりの老舗《しにせ》。長崎の商人筆頭ともいえる男でござる。平戸屋ならば、よい手立てを思いつくやも知れませぬ」

別の与力が同意した。

「さすがは筆頭与力の前梵《まえの》さまじゃ」

「いかにも」

「お任せいたそう」

他の与力たちもうなずいた。

「では、一同の総意ということで、一任いただきますぞ」

後で責任逃れをさせないと筆頭与力の前埜が釘《くぎ》を刺した。

麻彦《あさひこ》の後をつけた幾《いく》は、長崎を出て博多《はかた》の町へ戻っていた。

「……南蛮屋《なんばんや》。薬種問屋でしたね。たしか矢切《やきり》さまが、お立ち寄りになっていたはず」

幾は良衛の行動をしっかりと把握していた。

「おかえりなさいまし」

暖簾《のれん》を潜った麻彦を、店の者が迎える声が幾に届いた。

「南蛮屋の奉公人でしたか」

幾が周りを見回した。

博多は、堺《さかい》と並んで戦国のころから栄えた商都である。良港を持っているおかげで、あらゆるものが集まり、散っていく。

ものが動けば、金になる。博多は九州《きゅうしゅう》でもっとも裕福な町であった。

さらに博多は金だけではなかった。その矜持《きょうじ》も他の町の商人に比べて高かった。

関ヶ原《せきがはら》の合戦で徳川家康《とくがわいえやす》についた褒賞として豊前中津《ぶぜんなかつ》から、筑前《ちくぜん》へと加増された黒《くろ》田長政《ながまさ》が、博多の地を先祖由縁《ゆかり》の地備前福岡《びぜんふくおか》に倣って福岡と改名しようとしたのに、博多の商人が中心となって抵抗した。強烈な反発に強行できなくなった黒田家が、武家地を福岡と称するだけに止《とど》め、町人の町をそのまま博多として残したほどであった。

「……………」

多くの人が行き交う隙をついて幾が、南蛮屋の屋根へと跳んだ。屋根の上に身を横たえながら、瓦《かわら》を数枚外して懐からしころを出した。

しころとは伊賀《いが》者が使う忍道具であった。銀杏《いちょう》の葉に似た形をしており、持ち手以外の表面すべてに鋸《のこぎり》のような刃が付いている。

手裏剣としても使えるが、板などの木材を切るのに適した道具であった。

「……………」

瓦を除《よ》け、屋根板を四角く切り抜き、すばやくなかへと身を躍らせる。女忍の利点として、小柄だということがある。狭い天井や、入り組んだ梁《はり》をなんなく通り抜けて、幾が奥へと進んだ。

「旦那《だんな》さま」

「麻彦かい。どうだった」

南蛮屋幸兵衛《こうべえ》が、ねぎらうことなく問うた。

「あの医者は、幕府寄合医師でございました」

麻彦が答えた。

「まちがいないのかい」

「はい。長崎奉行所へ出入りしておりました」

確かめる主《あるじ》に、麻彦が告げた。

「……よくないね」

南蛮屋が苦く顔をゆがめた。

「長崎奉行所に動きはあったかい」

「今のところ、なにも目立った変化はございませぬ」

麻彦が首を横に振った。

「気づいていないようだねえ」

少しだけ南蛮屋が頬を緩めた。

「医者は、長崎でなにをしている」

「寺に寄宿して、医業をしながら出島へ出入りしておりまする」

「出島に……」

麻彦の話に、南蛮屋が目つきを変えた。

「出島でなにをしているかと訊《き》くまでもないね。和蘭陀人《オランダ》から和蘭陀流医術を学んでいるんだろう」

「そのように見受けられまする」

南蛮屋の言葉に、麻彦が首肯した。

「……手は打ってきたのだろうね」

じっと南蛮屋が麻彦を見つめた。

「長崎の太郎《たろう》さんに、手配をお願いして参りました」

「お願いしてきた……結果は見ていないのかい」

南蛮屋の声がきつくなった。

「…………」

「使えないね、おまえも。太郎と同じだ」

「だ、旦那さま」

見捨てるような口調の南蛮屋に、麻彦が顔色を変えた。

「他人に仕事を任せる。それで商いの戦いに生き残れるはずもなし。人の足を掬《すく》うのが、商いの本質だと教えてきたはずです。太郎もそれができずに、長崎へ行かされた」

「…………」

麻彦が呆然《ぼうぜん》とした。

「太郎は敗残者ですよ。大番頭になれなかった。その理由を一々口にする気はありませんが、商人として役立たずとの印を押された。それをおまえは見てきたはずですよ」

「……申しわけございません」

言い返すこともできず、麻彦がうなだれた。

「すぐに長崎へ戻りなさい。ちゃんと後始末をしておいで」

「後始末でございますか……」

麻彦が怪訝《けげん》な顔をした。

「医者をこの世から去らせること。そして……長崎の出店《でだな》の後片付けをしてきなさい」

「出店を潰《つぶ》されると……」

麻彦が目を剝《む》いた。

「目を付けられたかも知れませんからね。出店はあくまでも手足。本体まで病が及ぶようであれば、切り捨てることもいたしかたないこと」

「では、出店の者たちは、ここへ」

「……………」

無言で南蛮屋が、麻彦を見た。

「だ、旦那さま」

居心地の悪さに、麻彦が身じろぎした。

「丁稚《でっち》たちは、長崎で雇った者。奉公止めをするだけでよいでしょう。丁稚たちには雑用しかさせていませんから」

「まさか……」

そこまで言われて気づかないようでは、話にならない。麻彦が震えた。

「これを使いなさい」

手文庫から南蛮屋が金を出した。

「……お預かりをいたしまする」

断ればどうなるか。一瞬だけためらって麻彦が受け取った。

「わかっているだろうけど、おまえはこれで番頭への出世はなくなった」

「はい……」

南蛮屋の宣告に、麻彦がうなだれた。

「その代わり、店の裏を任せるよ」

「裏を……」

「色々とあることくらいは知っているね。同業の者との競争、藩のお役人との遣《や》り取り、南蛮人や清国人との取引、表に出せない仕事は多い」

「…………」

麻彦が唾《つば》を呑《の》んだ。

「長崎での一件、無事にすませたら、おまえがそれを差配しなさい。表向きの身分は、筆頭手代のままだけど、使える金は大番頭の数倍、博多に住まいを持つことも許す」

「住まいを……」

番頭になるか、妻を娶《めと》るかしないかぎり、奉公人は店の二階で生活するのが慣習である。店に住んでいれば、食事、洗濯、掃除などの心配が要らない代わりに、門限などの規制は多かった。

「給金も大番頭より多くなる」

「……それは」

麻彦が身を乗り出した。

「表に出られない代わりだよ。裏を仕切るならば、死ぬまで奉公してもらう。独立はできぬし、大坂店《おおさか》への異動もない。生涯飼い殺しの覚悟をしてもらう」

南蛮屋が告げた。

「今、裏を仕切っておられるのは……」

「言えないよ。おまえがどうするかわからないからね。この金を持って逃げるか、御上へ訴人するか」

冷たい眼差《まなざ》しを南蛮屋が麻彦に向けた。

「旦那さまを売るようなまねなどいたしませぬ」

麻彦が慌てて否定した。

「それが本当かどうかは、結果で示してもらいたいね。さあ、長崎へ行きなさい」

「は、はい」

命じられた麻彦が、主のもとを辞した。

「……若いね。どこに店の弱みである裏を、血も繋《つな》がらない奉公人に任せる者がいますか」

一人になった南蛮屋が口の端をつりあげた。

「誰か、いるかい」

「へい」

南蛮屋の声に、若い手代が反応した。

「ちょっと出かけてくる。夕餉《ゆうげ》までには戻りますから。ああ。供は要らないよ」

南蛮屋が立ちあがった。

「…………」

しばらく幾は身じろぎもしなかった。確実に人の気配が消えるまで待って、南蛮屋を抜けだした。

「まったく、矢切さまは面倒を引き寄せるのがお得意すぎまする」

小さく幾が嘆息した。

「とはいえ、お伝《でん》の方さまのご指示もございますゆえ、見過ごすことはできませぬ」

幾はお伝の方の命で、長崎遊学をする良衛の警固を担っている。途中で殺されるようなことになれば、幾はもちろん、御広敷《おひろしき》伊賀者の存亡にかかわってしまう。

「先回りして、片付けるか」

幾が麻彦の後を追った。

長崎警固を任じられている諸藩のなかで、もっとも規模が大きいのは福岡藩黒田家のものであった。

「どうした南蛮屋、珍しいの」

黒田家用人宇佐大隅《うさおおすみ》が、屋敷を訪れた南蛮屋を客間へ通した。

「今宵《こよい》はお願いがございまして」

南蛮屋が頭を下げた。

「ほう、おぬしが頼みとは、めずらしいことだ」

宇佐大隅が驚いた。

「長崎警固役のお方をお借りしたいのでございますが」

「……長崎警固を……なぜじゃ」

南蛮屋の求めに宇佐大隅が首をかしげた。

「じつは、あの一件が露見いたしかけておりまする」

「あの一件とは、出島のことか」

さっと宇佐大隅の顔色が変わった。

「………」

無言で南蛮屋が首を縦に振った。

「まさか長崎奉行に知られたのではあるまいな」

宇佐大隅が南蛮屋に詰め寄った。

「それは大丈夫でございましょう。長崎奉行さまに見つかれば、今頃、わたくしの首はここにございませぬ」

南蛮屋が、己の首を撫《な》でて見せた。

「ああ、そうだの。そうなれば当家も潰れている」

少し宇佐大隅が落ち着いた。

「では、誰に知られた」

「長崎へ遊学している幕府医師でございまする」

「どうしてそのような……」

「申しわけなき仕儀ながら……」

南蛮屋が経緯《いきさつ》を語った。

「……確実に見抜かれたというわけではなさそうだな」

「のようで」

すがるような言いかたの宇佐大隅に、南蛮屋は答えた。

「かえって、寝た子を起こすようなことにはならぬか」

気づかれていないのなら、そっとしておくべきではないかと宇佐大隅が言った。

「出島に出入りしていると報告を受けましてございまする」

「……むう」

南蛮屋の言葉に、宇佐大隅がうなった。

「芽は摘んでおくべきかと」

「おぬしのほうでなんとかいたせ。店の失態であろう」

宇佐大隅が責任を押しつけた。

「わたくしも手配をいたしておりますが、念には念を入れたいと思い、お願いに参りました」

「藩はかかわりない」

強く宇佐大隅が拒んだ。

「一蓮托生《いちれんたくしょう》でございましょう」

南蛮屋も声を低くした。

「長崎警固役の福岡藩の船は、奉行所のお調べを受けませぬ。それを利用して、沖合の和蘭陀船や、清国船から荷を受け取って、わたくしどもの出店までお持ちくださる。それを博多まで運んで、手を加え、大坂や江戸へ売る。そうやって参りました」

「知らぬな」

宇佐大隅が横を向いた。

「いたしかたございませんな。では、黒田さまとのおつきあいはこれまで」

深く南蛮屋が手をついた。

「…………」

宇佐大隅が無言を貫いた。

「では、失礼を」

南蛮屋が客間を出かかったところで、足を止めた。

「本日限りで、博多の店は閉じまする。お薬ももうお売りはいたしませぬ」

「な、なにっ」

言われた宇佐大隅が怪訝な顔をした。

「わたくしは稼いだ金を持って、どこか田舎で隠居いたしまする」

「……田舎で隠居」

一層宇佐大隅が困惑した。

「御上の手が及ばぬところでございますよ」

「なんだと……」

これでわからなければ、用人という要職は務まらない。

「きさま、黒田家を売るつもりだな」

「さて……」

南蛮屋が笑った。

「わたくしが、台湾《たいわん》か琉球《りゅうきゅう》、あるいは南蛮まで足を延ばした後、誰かが南蛮屋が黒田さまの命で抜け荷をしていると訴人するかも知れません。もっとも、そのときにはわたくしとはかかわりのないことでございますが」

「……言い逃れできる。今のうちに南蛮屋を跡形なく潰せばいい」

宇佐大隅が嘯《うそぶ》いた。

「跡形なく……おもしろいことをおっしゃる」

南蛮屋が口の端をゆがめた。

「先日、大坂に店を出すつもりだとお話しさせていただきましたな」

「聞いたが……」

不意に話を変えた南蛮屋に、宇佐大隅が戸惑った。

「黒田さまとのお取引、そのすべて、すべての記録を先日、大坂の店に移しましてね」

南蛮屋がすべてを二度繰り返した。

「……すべて。裏も」

「すべてでございまする」

窺《うかが》うような眼差しの宇佐大隅に、南蛮屋が首肯した。

「大坂店は、大坂東町奉行所の真向かいでございまして……」

襲っても無駄だぞと南蛮屋が告げた。

「きさま……黒田家を潰すつもりか」

宇佐大隅の雰囲気が剣呑《けんのん》なものになった。

「商人にも牙《きば》はあるということで。申しあげずともよろしゅうございましょうが、わたくしが店に帰らなければ、すぐにそれが大坂町奉行所に持ちこまれる算段になっておりまする」

「むっ」

釘を刺した南蛮屋に、宇佐大隅が詰まった。

「一蓮托生というやつでございますよ」

南蛮屋が、もう一度座り直した。

「……長崎警固役を動かすわけにはいかぬ。目立つ。長崎警固役のなかには、儂《わし》とそなたが手を組んでいるのをよく思わない者もおる」

宇佐大隅がより苦い顔をした。

「急なご出世をなされば、妬《ねた》みも受けましょう」

用人は、家老に次ぐ権力を持つ。家柄がなければ就けない家老と違い、用人は目見え以上であれば、能力次第でたどり着ける座だけに、多くの藩士が狙っていた。

「有岡《ありおか》衆をお貸しくださいませ」

「……なぜ、それを知っている」

南蛮屋が口にした名前に、宇佐大隅が絶句した。

「端とはいえ、黒田さまの裏を担うわたくしでございまする。それくらいは知っていて不思議ではございますまい」

「…………」

たんたんと答えた南蛮屋に宇佐大隅が黙った。

「ご始祖黒田如水孝高《じょすいよしたか》公が、荒木村重《あらきむらしげ》の策で摂津《せっつ》有岡城に幽閉されていたとき、毎夜城内に忍びこんで、その御身を守った者たち……でございましたか」

南蛮屋が語った。

福岡藩黒田家の始祖は、豊臣秀吉《とよとみひでよし》の懐刀と言われた播磨《はりま》の豪族黒田孝高である。黒田孝高は、秀吉に従って、中国毛利《ちゅうごくもうり》攻めに加わっていたが、その後方を守るべき味方の荒木村重が寝返ったことで、窮地に陥った。そこで状況を打開すべく、荒木村重を説得に出向いた黒田孝高は捕まり、土牢《つちろう》に幽閉された。満足に食事も与えられず、外界との接触を断たれた黒田孝高がくじけずに抵抗し続けられたのは、分厚い防塁をくぐり抜け、毎日のように食事と、織田《おだ》方が優勢だという情報を届けた細作《さいさく》のおかげであった。

飢えと情報不足ほど、人の心を折るものはない。

「吾《わ》が油断を忘れるべからず」

有岡城の土牢から助け出された黒田孝高は、細作たちに有岡衆という名を付けて、以後も頼りにし続けた。

黒田家が備中《びっちゅう》で薬屋を営んでいたころから行商として全国を巡り、天下の情勢を集めていた細作たちは、いつの時代も大きな功績を立ててきた。備前福岡から播磨への移動、織田家へ臣従、鳥取《とっとり》城の渇え殺し、本能寺《ほんのうじ》の変の折におこなった中国大返し、関ヶ原の合戦で徳川についたことなど、黒田家はいつも有岡衆の活躍で生き抜いてきた。ただ、その役目柄、表だっての褒賞を与えるわけにはいかず、未《いま》だ有岡衆は陰のままであった。

「有岡衆のお方がおられましょう。長崎に。いないはずはございますまい。長崎警固役は、黒田さまにとって金のかかる厄仕事であると同時に、抜け荷などの利を得る金蔓《かねづる》」

「……………」

言い当てられた宇佐大隅が口を閉じた。

「有岡衆は忍でございますな」

「いいや、違う。有岡衆は伊賀や甲賀《こうが》の忍とは違う。人知れず、動くことに長《た》けた者たちである。忍よりも乱破《らっぱ》、透破《すっぱ》に近い」

乱破、透破も戦国に活躍した闇の者たちである。乱の字に応じて、敵地での治安を崩したり、透《とお》るの字に応じて、敵地に浸透して情報収集や扇動を得意とした。

「それこそ、まさにうってつけでございましょう。相手は幕府医師。人知れず片付けていただけば助かりまする」

「……わかった。ただし」

南蛮屋の要望を宇佐大隅が認めた。

「そなたの失態をかばうのだ。相応の見返りをもらうぞ」

「……いたしかたございません」

なにか寄こせと言われた南蛮屋が嘆息した。

「抜け荷の利を、今までの五分五分から六分四分に。これでいかがでしょう」

「八分二分だ」

「無体な。それでは、ただ働きも同然でございましょう」

強欲だと南蛮屋が非難した。

「それだけの失態ということだ。わかっているはず」

「……やむを得ません。七分三分で」

「わかった。利の配分はそれでいい。あと、今回動かす有岡衆への手当金を出せ。百両じゃ」

「高いと言いたいところですが、わかりましてございまする」

南蛮屋がうなずいた。商人は引きどころを知っている。一度の出費は痛いが、長く続く損よりはましであった。

二

江戸表から国元への通信手段を外様《とざま》の雄藩は保持していた。もっとも有名なのは、百万石の前田《まえだ》家が有する足軽継で、早足の者を宿場ごとに交代させて昼夜かまわず駆け続けさせるこれは、わずか二昼夜で江戸と金沢《かなざわ》を行き来した。

このように外様は潰されないため、幕府の動きを少しでも早く知り、適切な対応をするためには、迅速がなによりも重要であった。

佐賀《さが》藩鍋島《なべしま》家も前田家ほどの規模ではないが、飛脚役を抱えていた。ただ、十分に維持するだけの費用を鍋島家は捻出《ねんしゅつ》できなかった。

佐賀は戦国の終わり、龍造寺《りゅうぞうじ》家の領土であった。龍造寺隆信《たかのぶ》は五州の太守といわれるほどの勢威をふるい、一時は九州のほぼ半分を手にしたほどであったが、島津《しまづ》家との合戦で討ち死にしてしまった。英雄の死は佐賀を大きく揺るがした。領土はたちまち侵食され、本国肥前《ひぜん》だけに減った。そのとき、佐賀を救ったのが、龍造寺家の重臣鍋島直茂《なおしげ》であった。鍋島直茂の奮戦で、本領を守り通した龍造寺だったが、残された一族では、とても勢いのある島津や大友《おおとも》に対抗できないとして、大名の座を鍋島直茂へと譲った。

これが、鍋島家の起こりである。だが、ここから鍋島家の窮乏は始まっていた。なにせ、もとが家臣なのだ。鍋島家自体の石高は少なく、とても佐賀藩の治世をおこなうだけはなかった。かといって、家臣となった者たちも、ついこの間まで同僚だったのだ。無理に土地を取りあげるわけにもいかず、鍋島藩は最初から財政難を抱えていた。

本来ならば、一人の飛脚が走りきれる限界の手前に、継ぎ手を用意しておき、疲れ果てる前に交代して、速度を落とさず国元まで書状を届けなければならないが、年に何度使うかという急ぎのために、人手を他国の宿場で遊ばせておくわけにもいかなくなった鍋島藩は、継ぎ手の数を半分に減らしていた。

全力で走り続ける飛脚が、倍の距離を行くためには、体力を温存しなければならない。となれば、足は遅くなり、当初の規定より、かなりときを喰《く》う羽目になった。

「江戸表からの急飛脚だと」

佐賀藩鍋島家の国家老が、へとへとになって崩れ落ちそうな飛脚から、書状を受け取った。

「……馬鹿どもが」

一読した国家老が怒った。

「金のためとはいえ、商人ごときに使われるなど……」

国家老が手紙を握りつぶした。

「しかし、殿のお許しも得たとあれば、いたしかたない。が、終わった後は江戸家老と勘定奉行を国元へ連れ戻さねばならぬ。今一度、武家の矜持を教えねばならぬ。御書物役の山本常朝《やまもとつねとも》が、殿さまにお聞かせした日峯《にっぽう》さまのご行状録を読ませるのもよかろう」

日峯とは、初代鍋島直茂の法名である。山本常朝は鍋島家二代当主光茂《みつしげ》の側近くに務めた小姓で、御書物役を兼任し、直茂の功績をまとめる仕事をしていた。

「……愚かなことだが、させねばならぬか」

国家老が重い腰を上げた。

長崎の豪商平戸屋を与力前埜が訪ねていた。

「……なるほど。御上のお医者さまを船頭の吉佐《きちすけ》が襲ったあの一件が、お奉行さまのお怒りを買ったと」

すでに平戸屋は、騒動のことを知っていた。

「吉佐とは、知らぬ名じゃが、なぜお医師どのを襲ったのだ」

「わかりませぬな。わたくしどもでは、吉佐のような得体の知れぬ船主とはつきあわぬようにしておりますので」

平戸屋が、吉佐などかかわりはないと首を左右に振った。

「下卑た理由ならば、思いつきますが」

「どのような」

前埜が問うた。

「お医師さまはまだ長崎に来て日が浅いとか。となれば、船乗りとの接点は、一つしかございますまい。長崎に来た男がかならず足を運ぶところ」

「丸山《まるやま》遊郭か」

「はい。丸山の遊女を、お医師さまと吉佐で取り合った。店としては、いつ来るかわからない船乗りの吉佐より、身分もわかっているお医師さまのほうが馴染《なじ》みとしてはありがたい。しかも、お医師さまは遊学で長崎に来られたのでございましょう。となれば、結構長く滞在される。その間の贔屓《ひいき》だけでも、大きい。そう考えたとしても当然でございましょう。遊郭の者は、長期の金を考えませぬ。五年先、十年先は見えないのでございますから。なにせ商うのは女。容色の衰え、病、怪我など、なにがあるかわかりませぬ。目の前の儲《もう》けに飛びつく」

少しだけ、平戸屋の声に棘《とげ》が含まれた。

「なるほど。遊郭で女の取り合いをした。その遺恨となれば、説明が付きますな」

前埜が手を打った。

「その結果、吉佐の船に手が入り、抜け荷が見つかってしまった」

「偶然というやつだと」

「さようで。たまたま吉佐だけが抜け荷をしていた」

ゆっくりと平戸屋が述べた。

「となれば、長崎の港内に停泊しているすべての船を検める意味はござらぬな」

「ご不要かと」

平戸屋が首肯した。

「ただ、それをお奉行さまがお認めになるかなのだ」

前埜が額に皺《しわ》を寄せた。

「お奉行さまが陣頭指揮を執られるわけではございますまい」

やったかやらなかったかなどわかるはずないと、平戸屋が手を振った。

「だが、なにもございませんでしたでは、あまりに……な」

声を落として前埜が平戸屋に謎をかけた。

「仰せになりたいことは十分わかりましてございまする。では、いかがでございましょう。わたくしどもが大丈夫だと保証した船には、帆柱に紅《あか》い布を付けさせましょう」

「平戸屋が……」

「はい。わたくしの保証ではご不満でございますか」

「いいや。十分だ。では、紅い布のない船は、検めてよいな」

「それは、わたくしの知るところではございませぬので」

ほんの少しだけ、平戸屋が口角を吊《つ》りあげた。

「わかった。紅い布の用意と周知の期間も要るだろう。こちらの準備もな。検めは三日後ということでどうだ」

前埜が提案した。

「結構でございまする」

平戸屋が認めた。

「では、邪魔をした」

「ああ。前埜さま。せっかくお出《い》でいただいたのに、茶もお出しいたしませず。後ほど、茶でもお買い求めくださいませ」

口だけで腰を上げようとしない前埜に、平戸屋が近づいて、懐紙に包んだものを手渡した。

「茶代か。いつもすまぬの」

すばやく手のなかで包みの重さを前埜が量り、うれしそうに頬を緩めた。

「皆々様にもよしなに」

平戸屋が平伏《ひれふ》した。


良衛は長崎奉行川口宗恒にあの夜の出来事を話した後、しばらく禁足を命じられていた。

「出島に行くことだけは許可する」

さすがの川口宗恒も、お伝の方の依頼を止めるわけにはいかなかった。

「承知いたしましてござる」

出島に行けるならば、後はどうでもいい。長崎の薬種商や、南蛮手術道具を作っている鍛冶《かじ》屋も行ってはみたいが、それは後でもよかった。

「今日は出島だ」

患者も来ない。じっとしているだけでは暇をもてあます。医書も持って来たものはすべて読み終えた。復習も十分であった。

「お供を」

襲われた直後である。三造《さんぞう》が良衛に付いていくと言った。

「頼む」

良衛も認めた。

いつもの経路で出島に着いた良衛を、通詞の大野《おおの》次郎三郎《じろうさぶろう》、出島医師の間宮鉄斎《まみやてっさい》、鍛冶屋町の医師富山周海《とみやましゅうかい》が出迎えた。

「門の外でお待ちとは珍しい」

良衛は出島へ渡る橋の手前に揃っている三人を見て驚いた。

「お話ししておかねばならぬことができましてな」

代表して、もっとも歳嵩の間宮鉄斎が口を開いた。

「なんでございましょう」

良衛は鉄斎に顔を向けた。

「先日、抜け荷船が見つかったのでござる」

「それは、大事《おおごと》でございますな」

事情を良衛は知っているが、わざと驚愕《きょうがく》して見せた。

「はい。結果、今、長崎は町奉行所を始め、緊張をしておりまする」

「わかりまする」

良衛はうなずいた。

「とくに出島は、非常に緊迫しておりまして」

「出島が……」

理由がわからず、良衛は首をかしげた。

「抜け荷船から、南蛮のものと思われる物品が見つかりました」

「南蛮の……長崎でそれを手に入れられるのは、出島だけ」

「あるいは和蘭陀商船との直接取引。どちらにせよ、出島の和蘭陀商館が疑われておりまする」

「まさか、出入りが禁じられた」

良衛は息を呑んだ。

「いいえ。さすがにそこまでには至っておりませんが……」

鉄斎が言葉を濁した。

「どうなのでございまする」

江戸の者は結果を早く知りたがる。せっかちな者が多い。良衛もご多分に漏れず、じらされるのは苦手であった。

「商館長どのが、この始末に走り回られており、講義ができなくなって……」

「なんと」

聞かされた良衛は絶句した。

「無念とは思うが、ここは辛抱していただくしかない」

鉄斎があきらめろと言った。

「しかし、それではお役目が果たせませぬ」

「お役目……」

思わず口にした良衛に、大野が引っかかった。

「いや、愚昧《ぐまい》は寄合医師でござる。長崎遊学も御上から命じられたお役目でござれば」

慌てて良衛は言いわけをした。

お伝の方から会得してこいと言われたオランダ流産科術の話は、外へ漏らしていいものではなかった。

まだ、世間には漢方でなければならないという風潮は濃い。外道の術にかんしては、オランダ流外科術を認めるようになってきていたが、未だ本道は漢方医が幅を利かせていた。

　産科も本道の一流として扱われている。もし、良衛がオランダ流産科術を身につけ、江戸へ持ち帰ったとして、それを将軍綱吉《つなよし》の寵姫《ちょうき》に施せるかというと、難問が山積していた。

「南蛮人の怪しい術を、上様のご側室に使用するなど論外である」

　奥医師たちの反対は目に見えていた。

　将軍並びにその一族は、奥医師の担当である。それも一人ではなく、奥医師全員の合議で、治療方針が決められる慣例であった。

　奥医師は天下の名医として名を成せる。それだけに医者たちのあこがれを一身に受けるだけではなく、その治療を望む者も多く、相応の収入も得られた。

　当然、奥医師になりたい者は山ほどいた。それらとの競争に打ち勝って、無事に奥医師になれば、今度は辞めたくなくなる。

　結果、己の足下を揺るがす者への対応では、奥医師たち全員が一致団結した。それを無視してオランダ流の医術を持ちこむには秘密裏におこなうしかない。

「たしかに。出島で商館長から医学を学ぶのは、矢切さまのお役目でございますな」

大野が納得した。

「お役目と言われても困りますなあ。商館長どのとの面会はかなわぬのでござる
し」

鉄斎が思案顔になった。

「………」

富山の口出しできることではない。黙って富山は経緯を見守っていた。

「医書はござらぬか」

良衛は次善の提案をした。

「医書であれば、出島医師部屋にいくつか」

鉄斎が大野を見た。

「ございまする。ただし、和蘭陀語で書かれておりますが」

大野が告げた。

「矢切どの、和蘭陀の言葉をご存じか」

鉄斎が問うた。

「杉本忠恵《すぎもとちゅうけい》先生のもとで修業をしておりましたときに、少しばかり学びましてござ

る」

　良衛が答えた。

「ならば、ご覧に入れようぞ。ささ」

　うなずいた鉄斎が、良衛を促した。

「では、わたくしは、ここで」

　富山が帰ると言った。

「ご一緒なさらぬのでございますかな」

「患家が待ちおりますので」

「では、わたくしがお送りを」

　大野も踵《きびす》を返した。

「やれ、忠義なことだ」

　鉄斎があきれた。

「通詞というのは、格別な役目ゆえ、優遇されておるのでございますがな。そうなるまでに、かなり勉学をせねばなりませぬ」

「わかりまする。異国の言葉を操らねばならぬのでございますから。言語対照の手引きなどはかなり高価だと聞きまする」

良衛は述べた。

「和蘭陀語の対照書は、一部で百両とか」

「百両……」

鉄斎の口にした金額に、良衛は唖然《あぜん》とした。

「それでも手に入らぬとか。なにせ、持っているだけで儲かりますからの」

「持っているだけでとは」

「貸し出すのでござる。和蘭陀語を学びたい者に、三カ月で十両ほどで。十人に貸すだけで元が取れ、それ以降はずっと儲かる」

「なるほど。借りる方も買うよりは安くすむ。三カ月もあれば、よほどの量でもない限り、写本も作れましょう」

良衛も理解した。

「夕刻、お迎えにあがりまする」

三造に出島入りの許可は出ていない。

「頼んだ」

先日よりも厳重な身体検めを受けて、良衛たちは出島へ入った。

「どうぞ。ここにござる医書のどれでもお読みいただいてかまいませぬ。ただ貴重なもののうえ、持ち主は愚昧ではなく、出島乙名衆《おとな》でござれば、持ち出しはご容赦願いたい」

「お借りできませぬか。それは残念」

延命寺《えんめいじ》でゆっくりと読み解きたかった良衛は、落胆した。

「ここであれば、筆写もどうぞ」

最大限の厚意を鉄斎は示してくれた。

「ありがたし」

良衛は感謝して、書物を開いた。

三

書物に没頭し、気がついたら夕刻であったということはままある。後世に名を残す賢者など、食事も厠《かわや》も忘れて勉学したという逸話は多い。

しかし、人の集中力は滅多にそこまで続かない。

良衛は二刻《とき》（約四時間）ほどで、大きく息を吐いた。初めて知る事象が多すぎて、頭のなかでの整理が追いつかなくなった。

「お疲れのようじゃ。しかし、よく続かれたことよ。お若いからかの。愚昧など小半刻（約三十分）も書見をすれば、眉間《みけん》が凝ってたまりませぬぞ」

笑いながら鉄斎が声をかけた。

「いや、夢中になっておりました。新しい本を読むのは、興味深いことでございまする。とはいえ、さすがに疲れました」

良衛は固まった身体をほぐすように、両手を大きく伸ばした。

「珍しいお茶をお淹《い》れしよう。商館長からいただいたものでな。本邦のものより、色が濃い。味もずいぶんと違いますぞ」

「よろしいのか。そのような貴重なものをいただいて」

南蛮渡来のものは、なんでも高い。良衛は恐縮した。

「貴重だからと仕舞っておけば、かびるだけでござるよ。茶も食いものも、美味《うま》い間に味わうべきでございましょう」

「至言でございますな」

鉄斎の言いぶんに良衛も同意した。

「……くせのある味でございますな」

初めて口にしたオランダの茶に良衛はなんともいえない顔をした。日本の茶よりも渋みにくせがあると良衛は感じた。

「お口にあいませぬかな。では、砂糖をさじ二杯ほど入れてみられよ」

「砂糖……そのように高価なものを、茶に」

良衛は目を剝いた。

「出島のなかでは、砂糖などたいしたものではございませぬ。とくにこれは、蔵のなかで袋が破れ、いささか色が変わってしまったもの。市中に出回っている砂糖の半額もいたしませぬ」

それほど費用はかかっていないと鉄斎が述べた。

「言わずともおわかりでございましょうが、出島のなかで消費するという条件付きでございまする。これを持ち出そうとすると……」

「探り番に見つかる」

「いかにも」

良衛の答えに、鉄斎がうなずいた。

「では、この本の筆写したものも……」

「それは大事ございませぬ。本朝の言葉で、ご貴殿が記されたもの。これを和蘭陀製とは言えますすまい」

「たしかに。紙も墨も、なにより愚昧が本朝製でございますな」

「さよう。さよう」

二人が顔を見合わせて笑った。

「……その辺りまで出歩いても」

剣術遣いでもある良衛は、少し身体を動かしたいと思った。

「ご散策なさるか。和蘭陀人たちが住まいする建物に入らなければ問題はござらぬ」

「区別がつきましょうや」

「緑に塗られた建物はまずまちがいなし。一階に蔵があるところも近寄られぬがよろしい」

出島では先達になる鉄斎が、良衛に注意を与えた。

「海を見ても」

「大事ござらぬ。海は我が国のものでござる」

「まさに」

うなずいて良衛は医師部屋を出た。

出島は、どういう意図があったのかはわからないが、扇を開いたような形になっている。

正確には、海に面したほうが大きく、長崎の町に向かうほうが小さいという、開いた扇の紙の部分だけのような姿をしていた。

敷地全体が大きく湾曲している関係上、すべての辻《つじ》も曲がっている。出島のほぼ中央に位置する医師部屋前の辻に立てば、左右の突き当たりは曲がりのために見えなくなっていた。

「右が船入場であったな」

船入場とは、水深が浅いために接岸できず沖合に停泊している和蘭陀商船から、荷を運んできた小舟を付けるところであった。

「あれが水門か。表門より大きいやも」

船入場の水門はしっかりと閉じられていた。出島の主たる目的は、オランダとの通商である。人の出入りより、ものの出入りが重要なため、水門は表門より立派に作られていた。

「水門を前に見て、左手に商館長の館、蔵など和蘭陀の建物が並んでいるようだが、少し隙間があるな。ここは通ってもよいか」

水門に続く塀際を良衛は巡った。

「庭というには狭いな。身体を十分に動かすだけの広さもない。これでは、籠《かご》の鳥だ」

良衛は出島に閉じこめられたオランダ人を哀れに思った。

「蔵の隣は、台所か」

海に面した側にある窓から、良衛はなかを覗《のぞ》きこんだ。

「……あれは鳥だな。あれはなんだ。猪に似ているが。血抜きをしているのか。それにしても臭い」

天井から吊《つる》されている食材に、良衛は引いた。

「身長、髪や肌の色など、南蛮人との差は食事にあるのかも知れぬ。南蛮人はよく獣肉を摂《と》る。米でなく小麦を練ったものを主食にしている。もし、我が国の赤子を、うまれてずっと南蛮の食事で育てれば、大きくなるのだろうか」

良衛は足を止めた。

「和蘭陀人のあの頑健な体格が、食事によるものだとしたら、妊婦にこのような食事を与えれば、赤子が強くなる……」

ふたたび良衛は歩き出した。

「商館長と会ったときに問うてみねばならぬな。和蘭陀人の女は、子供をどれくらいの数産むのか、妊娠中の死亡や、早産などはどうなのか。いや、女だけではない。赤子についても訊かねばなるまい……」

　思案しながら進んだ良衛は、不意に前が開けたことに気づいた。

「ここは……畑」

　ざっくりとした区画分けがされ、色々な草花が植えられている畑があった。

「……薬草畑か」

　見慣れた薬草がいくつもあった。

「種類が多い」

　ぐっと良衛は身を乗り出した。

「あれは鈴蘭だな。根が心臓の薬になる。あちらは、おたね人参《にんじん》か。滋養強壮によく効く」

　良衛は植えられている薬草を観察していった。

「見たこともないものがある」

　やたら茎の長い草が、ひときわ目立っていた。

「あれはなんなのだ」

　珍しいからといって、勝手に採取するわけにはいかなかった。これが持ち主のいない山のなかならば、話は別だが、そうではない。あからさまに栽培しているものに手を触れるのはまずかった。

「南蛮渡来のものか。これは是非欲しいが……」

良衛はそれがどれほど困難なことか、わかっていた。

「抜け荷になる」

許可なく出島からものを持ち出すのは御法度であった。

「川口さまにお願いするしかなさそうだ」

長崎奉行には、お調べと称した特権があった。南蛮でも清でも、交易として持ちこまれた物品のいくつかを調査するとの形をとって、私《わたくし》することが認められていた。

「あれも初見……」

その隣の薬草に目を向けて、良衛は首をかしげた。

「いや、どこかで見たような気がする」

良衛は思い出そうとした。

「つい最近だ。かといって、長崎に来てからではない。大坂、京《きょう》では遠すぎる」

腕を組んで良衛は考えた。

「博多……そうだ。博多だ。博多の薬種問屋で陰干しになっていたものと同じように見える」

良衛が思い出した。

「博多にあるくらいならば、長崎でも買えるはず。西海屋《せいかいや》どのに訊いてみよう」

一人呟《つぶや》いて、良衛は薬草畑を離れた。

船検めは、長崎の町を騒然とさせ、代わりに丸山遊郭を閑散とさせた。これは、陸《おか》に上がれば、酒を呑むか、女を抱くかの船乗りが、あわてて船へと戻ったからであった。

「西海屋どのに、お会いしたい」

出島から帰った翌朝、良衛は西海屋を訪れた。

「あいにく、主は商談で出かけております。後ほど、こちらから使いの者を出しますので」

返答は後ほどと言われて、良衛は延命寺で待った。

「西海屋の使いでございまする」

昼過ぎに若い手代が延命寺へ現れた。

「主より、今宵六つ（午後六時ごろ）、丸山の引田屋《ひきたや》でお待ちしておりますと」

「あいわかった」

良衛は招待を受けた。

引田屋ほどの名店ともなれば、二度目は常連扱いをしてくれる。

「矢切さま、お待ちいたしておりました」

打ち水のきいた石畳、その先にある玄関で女将《おかみ》が手を突いて出迎えた。

「世話になる。西海屋どのは」

「すでにお見えでございまする」

立ちあがった女将が、案内をと先に立った。

「……女将、転んだか」

その後に続いた良衛は、すぐに気づいた。女将の歩きかたに乱れが出ていた。

「よくおわかりに。昨日《きのう》、二階から階段を落ちまして。お恥ずかしいかぎりでございまする」

女将が驚いた。

「このようなことを女《おなご》に問うのは、いささか申しわけなく思うが、階段から落ちたとき、右の尻《しり》を強く打ってはおらぬか」

「さようでございまする」

一層女将が目を大きくした。

「やはりの。このまま放置していては、筋が伸びたまま固まる。そうなれば、歩くたびに痛むことにもなりかねぬ。早めに医者へ行くがよいぞ」

己のところへ来いとは言いにくい。良衛は診察を受けるようにと勧めるに留《とど》めた。

「お気遣い、ありがたく」

女将が軽く腰を折り、良衛に媚《こ》びてみせた。

「今日は、お呼び立てして申しわけございませぬ」

座敷で待っていた西海屋が、良衛に詫《わ》びた。

「とんでもございませぬ。こちらこそ、お気遣いをいただいて、恐縮しておりまする」

宴席への招待を、良衛は申しわけなく思っていた。

「いえいえ。有り様は、女将に強請《ねだ》られたのでございますよ。抜け荷騒ぎで、船乗りはもとより、唐物を扱う問屋筋の方まで、お忙しくなってしまい、丸山へ遊びに来る客がいなくなった。助けてくださいと」

西海屋が女将を見て笑った。

「無理をお願いいたしまして」

女将が一礼した。

「今日は、先日と違い、あっさりとしたものを用意させました。女将」

「ただちに。どうぞ、ごゆっくりと」

西海屋に促された女将が、用意のためにさがっていった。

「さて、お酒が来る前に、お話を伺いましょう」

姿勢を正して西海屋が問うた。

「じつは、昨日出島で薬草畑を見たのでございますが……」

良衛は説明した。

「なるほど。その薬草がなにかを知りたいと」

「はい。あと、できれば手に入れたいと思いまする」

西海屋の確認に、良衛は首肯した。

「茎が長さ五寸（約十五センチメートル）、太さ五分（約一・五センチメートル）。色はやや青みがかった緑で、濃い桃色の花が鈴のようになっておりました」

「…………」

薬草の姿を語った良衛に、西海屋が思案した。

「わたくしで三代、長崎で薬種問屋をいたしておりますが、そのような薬草は、見たことも聞いたこともございませぬな」

西海屋が首を横に振った。

「博多で見た気がいたしまする」

良衛はあきらめきれなかった。

「……博多。それは何方《いずかた》で」

西海屋が尋ねた。

「店の名前は……」

「それが、あるかぎりの薬種問屋を訪ねて回りましたので……どこで見たかの記憶があいまいで」

良衛が小さくなった。

「いや、矢切先生らしい」

西海屋がほほえんだ。

「わかりましてございまする。心当たりを訊いてみましょう」

「よろしくお願いいたしまする」

深く良衛は頭を下げた。

翌日、延命寺に初めての患者が来た。

「よろしゅうお願いいたしまする」

「女将ではないか。わざわざ来てくれたのか」

良衛は女将に感謝の意を示した。

「いえ。あそこまで的確に当てられては……怖いくらいで」

女将がほほえんだ。

「では、拝見しよう。よろしければ、その敷物にうつぶせに寝ていただけるか」

「……はい」

裾《すそ》を気にしながら、女将が横たわった。

「触れさせていただく」

断りを入れてから、良衛は女将の尻に触れた。

「あっ」

触られた瞬間、女将が動こうとした。

「動かないでいただきたい」

良衛が厳しい声を出した。

「この筋が……」

少しだけ良衛が力を入れた。

「あつうう」

たいした圧力でもないのに、女将が呻《うめ》いた。

「やはりな」

良衛が納得した。

「ど、どうなっておるのでございましょう」

うつぶせのまま女将が訊いた。

「落ちられたとき、斜めに尻を打たれたのだろうな。右側の関節が少しずれてしまったようでござる。そのため、関節を支えている筋が引っ張られてしまってお る」

専門用語を並べて、患者をごまかしたり、己を権威付けしようとする医者が多いなか、良衛は厳密に一致はしていなくとも、わかりやすいように説明するようにしていた。

「どうすれば……」

症状の説明よりも、治療方法が気になるのが患者である。女将が当然の質問をしてきた。

「関節をもとの位置に戻し、安定するまで安静にしていれば治る」

「勝手に治るということは……」

「ないとは言わぬがな。このまま固まってしまう方が多いぞ。そうなると完治は難しくなる。歩くたびに痛み、座ることさえまともにできなくなるぞ」

多少の脅しを入れるのも医者の役目である。良衛は声を重くした。

「座れなくなるのは、困りまする」

女将が顔をねじまげて、良衛を見あげた。

引田屋は丸山一の格式を誇る。馴染み客は、長崎奉行を筆頭に、出島乙名衆、長崎で名の知れた豪商と有名な者ばかりである。それら上客を迎えておきながら、女将が挨拶《あいさつ》に出ないわけにはいかないし、足が悪いからと膝《ひざ》を崩すわけにはいかなかった。

「少し痛いが治療するか」

「はい」

「あと、恥ずかしい格好もさせることになるぞ」

良衛が念を押した。

「先生だけでございますね。わたくしの恥ずかしい姿をご覧になるのは」

「もちろんだ。愚昧以外は外に出す。扉も閉じよう」

女将の確認に、良衛はうなずいた。

「では、お願いいたしまする」

じっと良衛を見ながら、女将が決断した。

「任された。三造」

「へい」

同席していた三造が、部屋を出た。そのまま離れの戸障子を閉める。

「では、参るぞ」

声をかけた良衛が、女将の尻肉の下から、ゆがんでいる股関節《こ》へと手を当てた。

「まずは、周りの筋をゆるめる」

良衛は股関節周囲の筋肉をほぐし始めた。

「そ、そのようなところを……」

股《また》近くを揉《も》まれた女将が紅《あか》い顔をした。

「しっかりほぐしておかぬと、あとで筋を傷める。いや、下手すると切れる。切れれば終わりだ」

また良衛が脅した。

「…………」

女将が黙った。

「よし。今度は仰向《あおむ》けになってくれ」

小半刻（約三十分）ほどして、良衛は女将を手助けして姿勢を変えさせた。

「裾を乱すことになるが、辛抱してくれ」

「もう、どうでもしてくださいませ」

女将が開き直った。

「では、参る」

ゆっくりとするのはかえって雰囲気を悪くする。良衛は一気に女将の裾をまくりあげた。

「きゃっ」

女将が驚いた。

「右足を開きますぞ」

裾を押さえようとしてくる女将の手を押さえつけ、良衛は女将の右足だけを横に開いた。

「ちょ、ちょっと先生、あまりに」

「黙って。少し痛みますぞ」

抗議を無視して、良衛は女将の右足の股関節を平たくするように圧《お》した。

「えっ……い、痛い」

「力を抜いて……息を吐いて。そう」

良衛は女将の呼吸に合わせて、股関節を圧し、緩めた。

「……けっこうでござる」

何度か繰り返した後、良衛は女将の足を伸ばし、裾を整えた。

「急いで起きないよう。ゆっくりと手をついて。そうでござる」

手を貸して良衛は女将を座らせた。

「立ちあがってごらんなさい」

「……………」

女将が慎重に立ちあがった。

「右足からではなく、左足からでござる。歩いて」

良衛が注意を与えながら、促した。

　数歩歩いたところで、女将が驚いた。

「張りは感じますが、痛みは消えておりまする」

　信じられないといった顔で女将が、良衛を見た。

「へんに癖が付く前でござったからな。一日で結果がでたようでござる。ですが、油断はなさるな。ずれたものをもとに戻しただけでござる。筋が相当な力を受けておりますゆえ、ふたたびずれないとは限りませぬ。お仕事以外での正座はできるだけさけ、床几《しょうぎ》に腰掛けるよう。あと、冷やしてはいけませぬぞ」

　今後の注意を良衛が告げた。

「ありがとうございました」

　女将が深々と頭を下げた。

「いや、愚昧は医者としてできることをいたしたまで」

　当然のことをしただけだと、良衛は手を振った。

「あの、薬料は」

　女将が訊いた。医業は施術であり、無料が慣例であった。それでは医者が喰《く》えないため、薬の代金を高めに請求していた。


「……これは」

「薬を出しておらぬしの」

良衛も困惑した。

「それでは困りまする」

女将がねばった。

「湿布薬をお出しいただければ」

「急性だったからの。出したほうがよいというていどでしかない」

出すほどでもないと良衛は拒んだ。

「……わかりましてございまする」

少し思案した女将が、顔をあげた。

「今日のところはこれで失礼をいたしまする」

女将が頭を下げて、去っていった。

「三造、お送りしてくれ。転んでは元の木阿弥《もくあみ》だ」

「へい」

良衛は、三造を供に付けた。

あこがれの長崎に来たが、オランダ人医師はおらず、医術の話を聞ける商館長は抜け荷騒動の余波で多忙を極め、面会さえできない。

診療を開始したが、評判もなにもなく、看板さえまともに出していないのだ。引田屋の女将以外、患者の訪問などなくて当然である。

ようは良衛は暇にしていた。

「退屈なご様子で」

幾が顔を出した。

「久しいの。長崎に来て以来だな。忙しかったのか」

良衛は、しばらく姿を見ていない幾の来訪を歓迎した。

「少し長崎を離れておりました」

幾が応《こた》えた。

「若先生をおいて、長崎を離れていたなど……」

三造がぐっと幾をにらんだ。

「どこへとは訊かぬが……長崎の現況は知っているな」

「あていどは」

確かめた良衛に、幾が首肯した。

「矢切さまが船乗りに襲われ、その影響で抜け荷船の手入れが始まった」

「よく知っている」

「襲撃の話をしているところを見ておりました」

感心した良衛に、幾が付け加えた。

「な、な……」

三造の顔色が変わった。

「ふむ」

良衛も言葉に詰まった。

「あのていどの輩《やから》、矢切先生と三造どのならば、問題にもなりますまい」

幾が平気な顔で言った。

「よくもぬけぬけと。若先生に万一があればどうするつもりであった」

三造が怒鳴りつけた。

「なんともなかったのでございましょう。なかったことを言い立てても無駄なだけでございまする」

幾が一蹴《いっしゅう》した。

「言い過ぎだ」

さすがに見過ごせなかった。

「船頭が青竜刀を使う達人であったことは知っていたか」

「得物までは存じませんでしたが、腕が立つとは思えませんでした」

良衛の問いに、幾が応えた。

「そうか」

小さく良衛は嘆息した。

「で、長崎を離れていた理由を聞かせてもらえるか」

幾は御広敷伊賀者である。良衛の命を聞かずとも問題はない。良衛は期待せずに尋ねた。

「あの船頭たちを集めた男の後を付けて博多まで参りました」

「なんだと」

良衛は驚愕した。

「あのまま残って矢切さまに加勢するかとも思いましたが、大本を探るべきだと判断いたしました。金で雇われる刺客をどれだけ倒しても、頼む者が無事ならば終わりませぬゆえ」

幾が説明した。

「それにかんしては、納得できぬがな。勝負に絶対はない。先日、吾《われ》が死んでいてもおかしくはない。それが戦いというものだ。もし、吾が死ぬか、二度と医業ができぬ身体になっていたら、そなたはどうお伝の方に言いわけするつもりだった」


「…………」

幾が黙った。

「まあいい。すぎたことを言っても無駄だの。で、裏には誰がいた」

厳しい声で良衛は質問した。

「……南蛮屋という博多の薬種問屋でございまする」

「南蛮屋……」

良衛は首をかしげた。

「覚えているか、三造」

「そのような名前の店はございましたが……」

三造も首をひねった。

「命を狙われるようなかかわりはなかった」

「はい」

主従二人は顔を見合わせた。

「ところで、和蘭陀流産科術の研鑽《けんさん》は進んでおられまするか」

その場の雰囲気を気にせず、幾が訊いた。

「先日の影響で、商館長どのとお目にかかれていないゆえ、研究が進んでおらぬ」

冷たく良衛が切り捨てた。

「幕府医師が襲われ、抜け荷も発覚した。和蘭陀商館長は、医術談義どころではないそうだ」

「それでは困りまする」

お伝の方から御広敷伊賀者は、良衛にオランダの産科術を学ばせるよう厳しく命じられている。

「愚昧の知ったことではないな」

あらかじめ襲撃を知っていたならば、やりようはいくつもあった。なにも報《しら》せなかった幾へ、良衛は不信感を持った。

第五章　秘術暗闘

一

福岡《ふくおか》藩黒田《くろだ》家長崎《ながさき》警固屋敷は、港に近い。さすがに長崎奉行所よりも狭いが、相応の大きさを誇っていた。

「国元からの指示、どう見る」

屋敷用人を兼ねる警固頭が、添役に話しかけた。

「従うには、いささか二の足を踏みますな」

家格から用人にはなれなかった歳嵩《としかさ》の添役が嘆息した。

「おぬしもそう思うか」

警固頭が腕を組んだ。

「医師を人知れず討ち取れなど、まともな指示ではない」

「さよう」

長崎警固屋敷を差配する二人が困惑した。

「どのような罪があるのかは知らぬが、医者を問答無用で斬れなど……」

「長崎奉行さまに知られれば、ただではすみますまい」

二人が一層険しい顔になった。

「しかし、届いた書状は正式なものだ。ご家老さまの花押も入っている。無視するわけにはいくまい」

「むうう」

書状に目を落として添役がうなった。

「並河《なみかわ》、どうだろうか。もう一度国元に問い合わせをかけては」

「それがよろしいでしょう」

並河と呼ばれた添役が同意した。

「誰をやりましょう」

「ことがことだ。念を押す意味もある。おぬしに頼みたいのだが」

警固頭が並河に願った。

「……当分、船入もないはず。承知いたしましてござる」

一瞬だけ考えた並河が首肯した。船入とは、異国船の入港のことであった。

「すまぬな」

「いえ。では、早速に」

詫《わ》びる警固頭に、並河が手を振って腰を上げた。


よく似たやりとりが、黒田家から少し南に離れた佐賀《さが》藩警固屋敷でも繰り広げられていた。

「幕府医師から、和蘭陀《オランダ》の秘術を訊《き》き出すか、もしくは独自に手に入れよとは、ご執政も無茶なことを言われる」

佐賀藩の警固頭が悩んだ。

「厳命でござれば、いたさぬわけには参りますまい」

用人が警固頭に告げた。

黒田家と違い、佐賀藩は屋敷を束ねる用人と警固頭を分けていた。

「交渉ごとは苦手だ。剣を振っているほうがいい」

警固頭が嫌そうに眉間《みけん》に皺《しわ》を寄せた。

「わたくしがいたしましょう」

用人は屋敷の実務と長崎奉行や他藩との交渉を任とする。話し合いはお手のものであった。

「任せた」

さっさと警固頭が手放した。

良衛《りょうえい》は朝から呆然《ぼうぜん》となった。

「若先生……」

三造《さんぞう》も驚きを隠せなかった。

「患家が並んでいる」

門前に五人ほどの患者が、良衛の診察を求めて集まっていた。

「と、とにかく、お待たせしては」

先に我に返ったのは、三造であった。日頃、屋敷で数多くの患者をさばいているだけのことはある。三造は良衛を離れに戻すと、最初の患者を迎えに山門を出た。

「どうなされた」

どれほど動揺しても、患者を前にしたら心を水面のように落ち着かせる。名古屋《なごや》玄医《げんい》の指導であった。

良衛は離れで患者を迎えた。

「腰を痛めておりまして」

初老の患者は左腰を押さえた。

「いつからかの」

「もう十年ほどになりまする」

「ほう。それは長い。今まではどうなされていた」

問診で患者の状態を確実に把握する。それができて初めて医者は一人前であった。

「薬種問屋で買った湿布を」

「芥子《からし》のものでござるかな」

「はい」

良衛の確認に、初老の患者が首肯した。

「では、拝見しよう。ここにうつぶせに」

良衛は診察に入った。

「……終わったか」

ひさしぶりに患者を診たと感じた良衛は、大きく息を吐いた。

「結局、七人もお出《い》でてでございました」

三造も興奮していた。

「女将《おかみ》のお陰だな」

良衛は頬を緩めた。

今日、来た患者は誰も引田屋《ひきたや》の馴染《なじ》み客であった。

「一日で痛みを消す江戸《えど》の名医が、延命寺《えんめいじ》に滞在している」

女将は知り合いに良衛の腕を吹聴《ふいちょう》してくれていた。

「ありがたい謝礼だな」

良衛はうれしかった。

医者にとって評判こそ、最大の報酬であった。

「あの先生は腕が立つ」

「すっかりよくなった」

患者の感謝をこめた一言ほど、医者にとってありがたいものはなかった。

「さて、西海屋《せいかいや》さんへ行ってこよう。薬を頼まねばならぬ」

急なことで薬の用意などできていない。患者には後ほど取りに来てくれるように話をしてある。それまでに手配をすまさなければならなかった。

「頼むぞ」

良衛は延命寺を出て、西海屋へと向かった。

「これは矢切《やきり》さま、ずいぶんとお忙しいようで。おめでとうございまする」

すでに西海屋は、患者が良衛のもとにやってきたことを知っていた。

「耳の早いことだ」

良衛は驚いた。

「延命寺さんから、すぐにお報《しら》せをいただきました。大事なお客さまでございますからな。なにかあれば、すみやかにお話をしてくださるよう、お願いしておきましたので」

西海屋が種明かしをした。

「そこまでしていただくとは……」

「名古屋玄医先生がお認めになったお弟子は、矢切さまで三人目。兄弟子に当たるお二人は、あいにく上方《かみがた》から動かれず、こちらまでお見えいただけません。いわば、わたくしにとって矢切さまこそ、名古屋玄医先生唯一のお弟子」

「それほどの者ではございませぬが……それにしても弟子にそこまでしていただけるのは……」

良衛は名古屋玄医と西海屋の由縁《ゆえん》を尋ねた。

「ちょうどよい機会でございますな。ご注文の薬が用意できますまで、少し昔話におつきあいいただきましょう」

良衛から受け取った注文の紙を番頭に渡し、西海屋が座り直した。

「長崎で三代続いた薬種問屋と申しましても、なかなかに難しいものでございまして。船乗りだった祖父が、鎖国の令で交易船から下り、始めたのが南蛮渡来のものを扱う唐物問屋でございました。祖父の船乗り時代のつきあいで、当初はうまくいっていた商いも、葡萄牙《ポルトガル》船が来なくなって、少々まずくなりました。そこで、祖父は清国《しん》に的を絞り、漢方薬の輸入販売へと転じたのでございまする。そのあとを父が継ぎ、店は順調に続いておりましたが、その父が病に倒れてしまいました」

「病に……」

西海屋の話を良衛は真剣に聞いた。

「当時わたくしは、修業のため堺《さかい》の薬種問屋へ行っておりました。父が倒れたとの報せが参ったときは、すでに遅く、急いで長崎へ戻ったわたくしを迎えたのは、父の死と店の惨状」

感情を消した声で西海屋が続けた。

「店に残っていた手代と丁稚《でっち》から話を聞きましたところ、父が病に倒れてから、番頭が店を切り盛りしている風を装いながら、商品を横流ししていたのでございまする。さらに、父が死んだ日、番頭は店の金と商品を根こそぎ盗んで、どこかへ逐電してしまった」

「ひどいな。番頭は長い奉公の末、能力を認められて店を任されるのであろうに。それが、主《あるじ》を裏切ったとは」

良衛は思わず非難した。

「父が人を見抜く目を持っていなかったということですな。しかし、番頭を罵《ののし》ったところで、店の窮乏は変わりませぬ。それを救ってくださったのが名古屋玄医先生でございました。わたくしの修業先であった堺の薬種問屋をご贔屓《ひいき》にしてくださっていた名古屋先生が、どこでどう知られたのか、手をさしのべてくださったのでございまする。堺の店で購入していた薬のうち、わたくしども西海屋が扱っていたものを直接買い取れるように交渉くださり、前金として二百両をお預けいただきました。それのお陰で、店を潰《つぶ》さずに……」

感極まったのか、西海屋が目を閉じた。

「名古屋先生らしい」

良衛も感動していた。

ただ名声を求めて近づいてくる者には、氷のような対応を喰《く》らわせた名古屋玄医だったが、真摯《しんし》な者には厳しいなかにも温情ある応対をした。良衛も泣くほど叱られた口であった。父の引退で、修業途中とはいえ離れなければならなくなった良衛に、名古屋玄医は貴重な医学書を纏《まと》めた帳面を何冊も贈ってくれた。

「おまえはまだまだだ。これからは、この帳面を儂《わし》だと思い、勉学にはげめ」

あのときの名古屋玄医のあたたかい眼差《まなざ》しを良衛は、今でも覚えていた。

「名古屋先生のお出入りという評判もあり、潰れかけた西海屋は父の代以上に繁盛いたしております。これも名古屋先生のおかげでございまする。西海屋には、名古屋先生へ返しきれない恩がございまする」

「…………」

言い終わった西海屋に、良衛は頭を下げた。

「そうそう、昨日、名古屋先生からお金が届きました」

西海屋が手を打った。

「着きましたか」

京《きょう》で名古屋玄医のもとを訪れた良衛に、名古屋玄医は百両という金を託した。金は、為替《かわせ》として、京の薬種問屋から西海屋宛へ送られた。為替とは、百両という金を延々運ぶ危険を避けるためのものだ。金は京の店に残り、西海屋へは百両預かったという書付だけが行く。金は、後日西海屋と京の薬種問屋との決済として使用された。

為替は紙切れ一枚である。そのためだけに人を出すわけにもいかず、なにかのついでに送られることが多い。

百両が良衛よりも後になったのも、不思議な話ではなかった。

「お渡しを……」

「いや」

立ちあがりかけた西海屋を良衛は止めた。

「あのお金は、長崎で役に立ちそうなものを見つけたとき、買い求めて名古屋先生のもとへお届けするためのもの。わたくしが持っているよりも、西海屋どのにお預かりいただいたほうが、安全でござる」

「安全……それはたしかでございますな。延命寺さまの離れでは、いささか」

寺の山門はいつ何時でも信者のために開かれていなければならない。寺院に警戒心は無用のものであった。

「では、お預かりいたしまする。入り用なときは、いつでもお申し付けください」

西海屋が座り直した。

「かたじけなし」

「旦那《だんな》さま、薬の用意がととのいましてございまする」

番頭が顔を出した。

「そうかい。では、矢切先生」

「助かった」

用意された薬を良衛は手にして腰を上げた。

「ああ、そうだ」

良衛は足を止めた。

「先日の船乗りどもの後ろには、南蛮屋《なんばんや》という博多の薬種問屋がいるとのことでございまする」

幾から教えられた黒幕を良衛は、西海屋に告げた。

「南蛮屋……出店《でだな》がございましたな、長崎に。番頭さん」

西海屋が、番頭へ顔を向けた。

「諏訪《すわ》大社さまの近くにございまする。商いはおこなわず、仕入れだけの店でございまして、番頭と丁稚二人だけの小さなもので」

番頭が答えた。

「評判はどうだい」

「……よろしくございません」

主の問いに、番頭が首を横に振った。

「無理な商いでもするのかい」

商人にとって無理な商いとは、他人の商談を横取りする、傷物をごまかして正規品として売るなどのことで、嫌われた。

「他の店へ卸すはずだったものを、金で面はたくようにして持っていくなどは当たり前でございますが……」

「どうした」

口ごもった番頭に、西海屋が先をうながした。

「抜け荷の噂が」

「ほう」

番頭の言葉に西海屋が目を大きくした。

「もっとも噂だけでございますが、怪しげな船乗り崩れと丸山《まるやま》で同席しているところを、わたくしも何度か見ておりまする」

「ふうむう」

西海屋が唸《うな》った。

「矢切先生」

真顔になった西海屋が、良衛に話しかけた。

「先日、どこかで見た気がすると言われた出島の薬草でございますが、博多の南蛮屋ではございませんでしたか」

「……そうかも知れぬ。断言できぬが……」

短い期間でできるだけ多くの薬種問屋を回ろうとした良衛の行動が、仇《あだ》になっていた。

「お奉行さまにお報せしておいたほうが、よろしいのでは」

「確実に南蛮屋だとは言えぬからな」

良衛も役人をして長い。役人は噂だけでは動かない。噂で動いて、まちがいだったときは、責任を取らなければならなくなるからだ。

「さようでございますな」

西海屋が良衛の危惧《きぐ》を感じ取った。

「では」

もう一度頭を下げて、良衛は西海屋を後にした。

二

翌朝も良衛のもとに患者は来た。

「嘉右衛門《かえもん》どのではないか」

富山周海《とみやましゅうかい》の診療所で見た患者に、良衛は驚いた。

「引田屋の女将から勧められまして」

嘉右衛門が申しわけなさそうに言った。

「さようか。女将のご紹介とあれば、しっかりと診させていただきましょう」

医者は患者を断ってはいけない。療養の指導に従わない、あるいは他の患者の治療の邪魔をするなど、よほどでないかぎり、医者は診察と治療をするのが義務であった。

「右肩でござったな」

良衛は嘉右衛門の背中に触れた。

「ここが動きませぬか」

「はい」

「手を上げていただけるか。できるだけで結構」

肩の痛い患者に無理はさせられない。良衛はわずかに上がった嘉右衛門の脇の下へ指先を押しこんだ。

「あつっ……」

嘉右衛門が呻《うめ》いた。

「少しご辛抱願えるか」

「は、はい」

良衛の言葉に、嘉右衛門が首肯した。

「痛みますぞ」

注意しながら、良衛は嘉右衛門の脇下の筋を揉《も》んだ。

「くっ、ううう」

嘉右衛門が呻いた。

「……よくぞご辛抱なされた」

褒めながら、良衛は手を嘉右衛門の背中に移し、貝殻骨の上をなで始めた。

「……これでいいか」

汗ばむくらいなで続けて、良衛は治療を終えた。

「手を上げてごらんなさい」

「はい……」

おずおずと嘉右衛門が右手を上げた。

「……あ」

嘉右衛門が驚きの声を出した。

「上がりまする」

「まだまだ完全とはいきませぬな」

上がるといっても、先ほどよりというところで、手はまっすぐに伸びきっていない。

「いまやったことを、一日小半刻《とき》（約三十分）ほどなさるといい。できれば入浴中か、直後がよろしゅうござる。あと、決して長くすればいいというものではござらぬので、小半刻を厳守なされ」

療養の注意を良衛は告げた。

「次はいつ」

「さよう、十日ほどで様子を見させていただければ」

「お薬は」

「虚血の気が強いゆえ、三造、附子《ぶし》に芍薬《しゃくやく》、地黄《じおう》を加えたものを」

良衛が投薬を指示した。

「ありがとうございまする」

喜んで嘉右衛門が帰っていった。

「……………」

良衛は、難しい顔をした。

「若先生」

三造が気遣った。

「いや、富山先生に話をせねばならぬと思ってな。ちと気が重い」

医者にとって患者の横取りは気まずい。こちらに責がなくても、奪われたほうはいい気はしない。しかし、これは医者として、通さなければならない筋目であっ

る。

嫌なことほど先にすませるべきであった。後になればなるほど、気と尻《しり》は重くなる。

「行くか」

三造も同意した。

「たしかに」

た。

「ごめん、こちらが矢切良衛さまのお宅でござるか」

離れの外から訪《おと》ないがかけられた。

「はい。診療でございますか」

すぐに三造が反応した。

「ごめん。治療を求めてきたのではござらぬ」

三造の開けた襖《ふすま》から、一人の武家が入ってきた。

「矢切は愚昧《ぐまい》でございますが、ご貴殿は」

良衛は首をかしげた。

「主家の名前はご勘弁願いまする。長崎屋敷用人、江藤郁真《えとういくま》と申す」

江藤と名乗った武士が、膝《ひざ》をついた。

「ご用件は」

診療でないとしたら、思い当たることはない。訪問の意図がわからなかった良衛は、早速に問うた。

「矢切どのにお願いがございまする」

「愚昧に」

良衛はより怪訝《けげん》な顔をした。

「はい。矢切どのは、南蛮医学にご堪能《たんのう》とうかがいまする。ついては、和蘭陀流産科の秘術をご教示いただきたく、参りました次第でございまする」

「産科の秘術、そのようなものは、存じませぬ」

良衛は首を左右に振った。

「お隠しあるな。貴殿が南蛮の秘術をご存じだとこちらは知っておりまする。もちろん、ただとは申しませぬ」

江藤が懐から袱紗《ふくさ》包みを出した。

「ここに十両ござる。これを差しあげましょう」

「はああ」

良衛はわざと声を出して、嘆息した。

「どなたから聞かれたかは存じませぬがな。愚昧を幕府寄合医師と知ってのうえでございますかな」

「存じておりまする」

面の皮が厚くなければ、用人など務まらない。江藤が平然とうなずいた。

「知ってのうえで、秘術を教えろと。無理を言われる」

「はて、どこに無理が」

江藤が怪訝な顔をした。

「秘術と言われたのは、おぬしでござる。幕府医師が持つ秘術は、御上のためのもの。それを金で売れと」

「口外されねば、誰も知りませぬぞ」

黙っていればわからないだろうと江藤が嘯《うそぶ》いた。

「十両で、幕府医師の誇りを売れと」

「…………」

ようやく江藤が黙った。

「あいにく貴殿のお求めである秘術を愚昧は知りませぬが、知っていたとしてもでございますぞ、秘術とは他に知られぬからこそ秘術。それを漏らせば、愚昧が御上からお咎《とが》めを受けるのは必定。黙っていればわからぬと仰せでござるがの。愚昧は口を閉じても、ご貴殿はどうか」

「なにを言われるか。もちかけたのは拙者でございますぞ」

心外だと江藤が言った。

「後々、愚昧を脅せましょう。金で秘術を売ったことを御上に報せるぞとな。そして、次から次へ、要求を重ねていく。主家の名前も言えぬ御仁を信じろというほうが、無理というものでございましょう」

冷たい目で良衛は江藤を見た。

「…………」

江藤が黙った。

「お帰りいただこう」

「では五十両出しますぞ」

手を振った良衛に、江藤が喰いさがった。

「五十両が百両、いえ、千両でもお断りでござる」

良衛はきっぱりと拒絶した。

「どうしても」

「くどい御仁だ」

念を押す江藤に、良衛は強く断じた。

「後悔なさるぞ」

「するかどうかは、愚昧がすること。ご貴殿に言われるものではない」

脅す江藤に、良衛は反論した。

「ああ。もう一度申しあげるが、南蛮の秘術など、愚昧は存ぜぬ」

「偽りにはごまかされませぬぞ」

良衛の言葉に、江藤が言い返した。

「愚昧は長崎に来て、まだ半月ほど。それでどうやって秘術を知ることができると。それほど簡単なものを秘術などというわけはございますまい」

「拙者は医術は門外漢でござる。拙者の知らぬ方法があってもわかりませぬのでな。そちらの言いぶんこそ、信じられませぬ。後日、またお目にかかりますぞ」

江藤が良衛を睨《にら》みつけて、帰っていった。

「なんだったのでございましょう」

確実に帰ったことを見届けるために、江藤が山門を出るまでついていった三造が、戻ってきて首をひねった。

「吾《われ》にもわからぬが……お伝《でん》の方さまのかかわりであろう」

「そうであれば、幾《いく》がどうにかするであろう」

良衛は推測した。

知ったことではないと良衛は切り捨てた。

「それですみましょうや」

「知らぬものは、どうしようもあるまい。抜け荷騒動で、未《いま》だ商館長とゆっくり話をすることもできておらぬのだぞ」

長崎まで来て無為なときを過ごさなければならないことに、良衛は苛立《いらだ》っていた。


南蛮屋長崎出店の責任者太郎《たろう》は、戦々恐々たる毎日を過ごしていた。

「吉佐《きちすけ》はしくじるし、麻彦《あさひこ》は本店に戻ったまま、帰ってこない」

太郎はいつ長崎奉行所の役人が踏みこんでくるかと震えていた。

「旦那さまは、失敗をお許しにならぬ。麻彦の奴、儂にすべての責任を押しつけているのではなかろうな」

疑心は思えば思うほど大きくなる。

「いや、麻彦に騙《だま》されるほど旦那さまは甘くはない……となると、麻彦が帰ってこないのは、旦那さまのお怒りを買ったと考えるべきだ」

太郎は唸った。

「まずい。麻彦が帰ってくるならまだしも、他の奴が来たら……代わりの出店番頭が派遣されてきたら……引き継ぎで帳面合わせをしたら、金が足りないとすぐにばれる。そうなったら終わりだ」

勝手に出店の金を使って、無頼の船乗りを雇い、幕府医師を襲わせた。成功していれば、まだ言いわけもできるが、見事に失敗してしまった。

そのうえ、吉佐の船から抜け荷の証拠が出てしまったことで、長崎奉行所が気色《けしき》ばんでいる。

「今回も平戸屋《ひらどや》さんとそのかかわりの船には、役人が手出しをしていない」

町奉行所の提灯《ちょうちん》を掲げた小舟が、沖合に停泊している船へ検めに入るようすを注視していると、あきらかに選んでいることが見て取れる。

長崎奉行所に金をだせるほど、南蛮屋の出店は規模が大きくない。太郎も長崎に来て長い。長崎奉行所が金をもらっている商人には手を抜き、そうでないところに厳しいことには気づいている。

「いや、それよりも吉佐と儂のかかわりが、いつ知られるか」

裏の仕事を頼むほどの仲である。二人で丸山の遊郭で遊んだこともある。遊郭の住人の口は軽い。長崎奉行所から問い合わせを受ければ、あっさりと太郎を売りかねなかった。

「どうすればいい」

「番頭さん、番頭さん」

丁稚が太郎を呼んだ。

「なんだ、忙しいのだぞ」

思案を邪魔された太郎が、丁稚を叱った。

「清国の船が着いたそうですが、港に行かなくてよろしいんで」

丁稚が訊いた。

長崎出店の仕事は、南蛮船や清国船の入港をかぎつけ、なにを運んできたかを確かめ、儲《もう》かりそうなものをいち早く見つけて、他人よりも先に買い付けることである。今まで、太郎は入港と同時に駆けだしていた。

「………」

太郎が思案した。

昨今、この港での争奪戦が激しさを増し、暴力沙汰《ざた》になったり、珍品の値段が天井知らずにあがるなどの弊害が目立っていた。長崎奉行も長崎の町を仕切る豪商たちもこれには頭を痛めていた。

「入って来る船の品物を個別で交渉させず、まとめて交易船と取引をして、のちほど競り売りをするなりすべきではないか」

長崎の一部豪商が集まって、長崎奉行所を後ろ盾として会所を立ちあげようという動きもある。いや、話はかなり形になりつつあった。

会所ができれば、他の店を出し抜くということがしにくくなる。できるまでの間にどれだけ多くの交易船と取引できるか、長崎の町は普段よりも熱くなっている。

そんななか、出遅れた太郎を、丁稚が心配していた。

「……そうだったな。考えることがあり、出遅れたな。遅れを取り戻すには、相応の準備がいる。口約束を出し抜くには現金が要る」

言いわけがましいことを口にしながら、太郎は店の手文庫からありったけの小判を出した。

「番頭さん、そんなに」

丁稚が驚いた。

「ああ。会所ができるまえに、儲けておかねば、旦那さまに叱られる。では、行ってくる。戻りがいつになるかわからぬゆえ、日が暮れたら店を閉めて寝てくれてい い」

丁稚は住みこみが決まりであった。

「へい。いってらっしゃいませ」

見送りを受けて太郎は出店を後にした。

「百八十両あれば、江戸まで出て、ちょっとした小商いならば始められよう。二度と九州《きゅうしゅう》の地は踏まぬ」

太郎は港ではなく、日見《ひみ》峠へと足を向けた。

三

平戸屋の手配もあり、抜け荷騒ぎは思ったよりも長引かなかった。なにより交易の港長崎の機能をそう長く止めるわけにはいかなかった。これも長崎奉行の傷として利用されかねない。

「三艘《そう》だけか」

筆頭与力前埜《まえの》の報告を聞いた長崎奉行川口宗恒《かわぐちむねつね》が、疑いの目で見た。

「すべての船を検めたのだろうな」

「いえ。身許《みもと》のはっきりした船まではいたしておりませぬ。そこまでするには人が足りませぬ」

与力、同心のすべてを船検めに回しても足りないのだ。また、それをしてしまえば、他の業務が滞ってしまう。

「…………」

それを言われれば、川口も黙るしかなかった。

「で、この三艘の……」

さっさと前埜が話を進めた。

「……わかった。抜け荷船の船主と船頭は死罪。船乗りたちは長崎から追放とする。死罪はご老中さまのお許しを得ねばならぬゆえ、入牢《じゅろう》させておけ」

川口はここで話を妥協させるしかなかった。

「はっ」

前埜が一礼した。

「あと平戸屋に来るように申せ。会所のことで話があるとな」

「……お奉行」

船検めの裏を仕切っていた平戸屋の名前を川口が出したことに、前埜が窺《うかが》うような表情をした。

「申し付けたぞ」

もう一度命じて、川口は手を振って前埜をさがらせた。

騒ぎが一通り終わったことで、良衛は出島《でじま》商館長と話をする機会を回復できた。

「どこで医術を」

ヘンドリック・ファン・ブイテンヘム商館長に良衛は尋ねた。南蛮には医学の専門学校があると良衛は杉本忠恵《すぎもとちゅうけい》から聞いている。ヘンドリック・ファン・ブイテンヘムもどこかの医学校を出ているのだろうと考えての質問であった。

早口に話すヘンドリック・ファン・ブイテンヘムのオランダ語を良衛は聞き取れない。代わって通詞の大野《おおの》が説明した。

「ばたびあの医術ぎるどで学んだと」

「医術ぎるど……それはなんでございましょう」

またわからない言葉が出てきた。

「医学校ではなく、医術の徒弟奉公のようなところだそうでございまする。親方と呼ばれる師について、三年ほど実地を学ぶとか」

「それはよい」

説明を聞いた良衛は身を乗り出した。

実地を優秀な師のもとで学べる。基礎医学を修めた者にとって、それはありがたいものであった。

医術は、実体験をもって初めて完成する。書籍で学ぶことはもちろんたいせつであるが、それだけでは、畳の上の水練でしかない。患者を診て、実地を経験して、医術は初めて大成する。

もちろん、実地を経験するには、基礎の教養は必須《ひっす》である。良衛は、江戸に多い門前医者を批判していた。門前医者とは、医者の家で門番をしていた男が、見よう見まねで治療と投薬を覚え、独立した者だ。基礎医学などまったく知らない。どころか、なかには字の読めない者までいた。

良衛がギルドに歓声をあげたのは、己にとって有益だと考えたからであり、世間の医者全般のことではなかった。

「和蘭陀では、東印度《インド》会社というものがあり、本国から東の交易を一手に請け負っており、その大きな拠点がばたびあにあるそうでございまする。そのばたびあから、長崎、上海《シャンハイ》などに船を出します。いわば、和蘭陀の出先。とはいえ、その力は葡萄牙《ポルトガル》や西班牙《スペイン》を排するほどに大きく、一つの国と言えるとか。和蘭陀人も数多く住んでおり、医者の需要もある。しかし、一から教育するだけの手間はかけられないため、ぎるどがある」

ヘンドリック・ファン・ブイテンヘムの話を大野が通訳した。

「速成……」

己の意図しているところと違う。良衛は落胆した。

「商館長どのは、何科を得手となさっておられる」

良衛はヘンドリック・ファン・ブイテンヘムの専攻を問うた。

「海賊と戦うこともあるので、外科だそうでございまする」

「なるほど」

良衛は少し落胆した。

「では、産科などは」

「まったく経験がないと。出島には女がおらぬゆえ、産科は不要」

ヘンドリック・ファン・ブイテンヘムの言いぶんは正論であった。

「産科について、なにか書物はございませぬか」

お伝の方の要望をどうにかしなければならない。良衛の長崎遊学が許された一つの理由は、綱吉《つなよし》の子供を作るためであった。良衛はなんとかして、最新のオランダ流産科術を手にしなければならなかった。

「書物については、確認していない」

首を振るヘンドリック・ファン・ブイテンヘムの意思を大野が代弁した。

商館長の任期は短い。大概が一年、長くとも二年で帰っていく。なかには、二度目の就任の者もいるが、基本短期であった。とても蔵書のすべてに精通するほどの暇はなかった。

「出島にある医書を拝見しても」

「かまわないそうでございまする」

良衛の求めに大野が承諾の意を伝えた。

「今日はここまで」

それから半刻（約一時間）ほど話をして、本日の会見は終わった。

「医書はどこに」

良衛は去ろうとするヘンドリック・ファン・ブイテンヘムに問うた。

「…………」

無言でヘンドリック・ファン・ブイテンヘムが、奥の一室を指さした。

「かたじけなし」

少し大仰に、良衛は礼を述べた。

出島商館の蔵書室は、テーブルが置かれた大広間の奥にある小部屋であった。

「……統一されていないな」

良衛は蔵書が分類されていないことに嘆息した。

「これは……医学ではないな」

医術の単語は修業中に覚えている。まったくわからないものは、医術書以外だと良衛は判断した。

「お読みしますか」

大野が声をかけた。

「お願いできましょうや。薬草学、産科学、外科術、本道、なんでも医学関係ならば、けっこうでござる」

良衛は頼んだ。

「……これと、これと……」

さすがに通詞をしているだけに、大野は簡単に医学書を探し出した。

「これで全部でございましょう」

大野が二十冊ほどを積みあげた。

「持ち出しは厳禁、筆写も許されません」

大野が釘《くぎ》を刺した。

「写すこと、もか」

良衛は落胆した。

「内容を確認できておりませんので。写本を作るとなれば、まず長崎奉行所へ本を提出し、中身の精査をしていただき、きりしたんにかかわる文字がないと判明いたさねばなりません」

通詞は長崎奉行所の一員に近い。大野の発言に、良衛はなにも言えなかった。

「承知した。見るだけはよいな」

「念のため、わたくしが同席いたしまする」

「わかった」

良衛は大野の同席を認めた。これもキリシタン対策であった。ここで逆らって、閲覧を禁じられるほうが痛い。

「いつものように五日に一回。刻限は、日が落ちる一刻（約二時間）前まで」

大野がさらなる条件を付けた。

「一刻。せめて半刻前になりませぬか」

良衛は粘った。日が暮れてからは、出島町人の一部以外は、滞在できない決まりであった。日暮れ前に出島を出なければならないことはわかっているが、一刻はあまりに早すぎる。

「それはできませぬ。わたくしも報告をいたさねばなりませぬので」

大野が拒んだ。

通詞は見張りも兼ねていた。大野は良衛の出島での行動を監視し、それを長崎奉行に知らせる役目を持っていた。

「やむを得ぬ」

良衛はあきらめると同時に、書物を開いた。抗弁する手間も惜しい。

「…………」

すぐに良衛は書物に没頭した。

「愚昧も」

富山が書物に手を伸ばした。

「先生、それはお控えを」

大野が止めた。

「なぜじゃ」

咎めるような目で富山が、大野を睨んだ。

「商館長さまより、書物の閲覧を許されたのは、幕府医師の矢切さまだけでございまする」

「……むっ」

富山が不満そうな顔をした。

「ただ、偶然目に入ってしまったものは、どうしようもございませぬ。矢切さまが開いておられる書物が……」

最後まで大野は言わなかった。

「そうだの」

うなずいた富山が、良衛の右後ろに立った。

「読めぬ」

覗《のぞ》きこんだ富山が情けない声を出した。

「大動脈は心の臓の上からでて、弓のように……」

大野が音読を始めた。

「…………」

良衛は無言でそれを意識の外へおいやった。

「そろそろ刻限でございまする」

大野が窓の外を見て言った。

「もう……か」

一刻半(約三時間)ほど読んだが、頭のなかでオランダ語を日本語に置き換えて理解しなければならないため、思ったほど進まなかった。

「少しだけ待ってくれい」

必死に書物を読んだ良衛は、覚えなければいけないと思ったところをもう一度確認した。

「矢切さま」

「かたじけない」

大野の声が硬くなったことで、良衛はあきらめて書物を閉じた。

「富山先生」

出島を出たところで、良衛は富山を呼び止めた。

「なんでござろう」

「じつは……」

良衛は嘉右衛門が診療に来たことを告げた。

「……さようでござるか。ああ、お気になさらず。医師は求められれば、診療をいたさねばなりませぬからな」

一瞬頬をゆがめたが、すぐに富山は気にするなと手を振った。

「そう言ってくださると助かりまする」

良衛はほっとした。

福岡《ふくおか》へ出向いた黒田家長崎警固添役は、用人宇佐大隅《うさおおすみ》から厳しい叱責《しっせき》を受けていた。

「藩庁からの正式な命を、疑うというか」

「申しわけございませぬ。ですが、幕府お医師を襲うなど……」

「黙れ、そなたごとき軽輩が口出しをするべきことではないわ」

意見しかけた添役を、宇佐大隅が怒鳴りつけた。

「さっさと戻り、命を果たせ。福岡までの往復で何日無駄にしたと思うのだ。一日遅れれば、藩に危機が迫るのだぞ」

「藩に危機が。それはどのような」

「そなたは知らずともよい。さあ、帰れ。そしてただちに取りかかれ」

宇佐大隅が添役を追い返した。


幾は、良衛から距離を置かれたと感じていた。

「いたしかたありません」

忍にとって重要なのは、命を果たすことであり、それ以外は些末事《さまつじ》でしかなかった。

「出島に出かけたということは、和蘭陀人医師から話を聞いてきたはず」

御広敷伊賀者《おひろしきいがもの》に属する幾にとって、お伝の方の指示は将軍の命に次いで重いものであった。

「ようすを訊いて来るか」

いかに伊賀の女忍とはいえ、出島に忍びこむのは難しかった。夜の間に海を渡って、忍びこむことは簡単だったが、出入りが一カ所の橋でしかできないうえ、厳重な見張りがいる。入る、出るのたびに夜を待たなければならないのは、不便であった。どころか、一日出島に括《くく》られることで、万一に対応できなくなるかも知れない。

幾は、出島のなかでの出来事を自らの目で確認することをあきらめていた。

「矢切さま」

離れの襖を開けた幾に、三造の氷のような目が向けられた。

「幾どのか。どうした」

良衛は三造に手を上げて、抑えるようにと宥《なだ》めながら問うた。

「本日は出島に」

「ああ。行ってきた。が、残念な話しかないぞ」

「残念なとは……」

幾が首をかしげた。

少しだけ幼い雰囲気を持つ幾が、このような態度をするとあどけない町娘にしか見えなくなる。とても顔色一つ変えず、人を殺せる女忍とは思えなかった。

「まず、今まで言わなかったが、現在出島に和蘭陀人医師はおらぬ」

「な、なにを。ごまかしは許されませぬぞ」

秘術を手に入れられない言いわけととったのか、幾が険しい顔をした。

「調べればわかることだ。そのようなことで偽るほど、愚かではないわ」

良衛は言い返した。

「では、誰に」

「商館長のヘンドリック・ファン・ブイテンヘムどのだ。ヘンドリック・ファン・ブイテンヘムどのは、ばたびあで外科術を学んでこられたとのこと」

「外科術……産科ではない」

「まったくの門外漢だそうだ。昨日、尋ねたところ、そうお答えであった」

良衛は告げた。

「なんという……お伝の方さまにどうご報告申しあげれば……」

幾が呆然とした。

「残念だが、いたしかたあるまい な。今、出島商館の蔵書を紐解《ひもと》いているが、産科にかんするものがあるかどうかは、わからぬ」

「和蘭陀へ注文を」

「かまわぬが、和蘭陀からの船は年に一度、秋七月か八月に来て、冬十一月か十二月に帰るのが決まり。これは風のつごうで、変えられぬそうだ。和蘭陀へ産科の書物を注文しても、手に入るのは二年以上先になる」

オランダの船は和船より船足も航続距離も優れているが、風を利用するところは同じである。

「二年、それは待てませぬ。お伝の方さまの係《かか》り人以外の側室が懐妊するやも知れませぬ」

幾が焦った。

「こればかりは、どうしようもないぞ」

良衛は止《とど》めを刺した。

「……出島の書物に産科の秘術が」

「二十冊ほどあった。和蘭陀語で書かれているので、一冊を読み終えるまでにかなりときがかかる。そのうえ、閲覧に制限があって五日に一度、夜明けから夕七つ(午後四時ごろ)までしか許されておらぬ」

「書物を持ち出せば」

「厳禁だそうだ」

「長崎奉行さまのご命でございますか」

「そう通詞は言っていた」

続けざまに繰り出された幾の質問に、良衛は答えた。

「……わかりましてございまする。わたくしは、わたくしで動きますので」

きっと眉《まゆ》を引き締めて、幾が出ていった。

「塩を撒《ま》いて……」

三造が壺《つぼ》に手を伸ばした。

「もったいないから、やめておけ」

良衛は止めた。

四

次の出島訪問から、良衛は商館長ヘンドリック・ファン・ブイテンヘムとの対話を短くした。最新の医学を求めて来ただけに、本職ではないヘンドリック・ファン・ブイテンヘムでは、物足りなかったのだ。

「お忙しい商館長どのに、貴重なお時間をいただくのも申しわけない」

良衛は、そう言って面談を半刻ほどで終わらせ、あとは書見に熱中した。

「ひよすかむす、ないがると読むのかこれは」

薬草学の書物を開いた良衛は、興味を引く一文を見つけた。

「人を眠らせる作用があると書かれているぞ。これを摂取させた患家には、幻覚、瞳孔《どうこう》散大、頻脈などの症状が現れる。少量で死に至ることもあるが、手術の最中、患家を大人しくさせる効果がある。葉と種に効果が……宝水《ほうすい》のもとになったものか」

良衛は杉本忠恵から分けてもらった南蛮渡来の妙薬と関連づけた。

「まことでござるか。そのひよすなんとかという薬の効能は」

隣に立っていた富山が興奮した。

「ここにはそう書かれておりますが、本当かどうかまでは……」

「さきほど、宝水と言われたではござらぬか」

「……………」

しっかりと聞いていた富山が喰いついた。

「おなじものかどうかは、わかりませぬが、先年、長崎を通じて渡来した新薬が、ここに書かれている効能によく似ておるように思えまする」

良衛はやむを得ず、説明した。

「そのお薬はどこに」

「幕府奥医師杉本忠恵先生のもとにございまする」

「奥医師さま……」

さすがに将軍とその家族を診る奥医師相手となれば、どうしようもない。富山が苦い顔をした。

外科をする医者にとって、瀉血《しゃけつ》、骨折などの処置、手術をするさい、患者をいかに大人しく、痛みなくするかは大問題であった。とくに、壊疽《えそ》した足や手を切り落とさなければならなくなったときなど、大変である。痛みで暴れる患者を押さえつけるために、何人もの人手が要る。そのていどならばまだどうにでもなるが、なかには手術の痛みに耐えかねて気を失う、あるいは心の臓が止まってしまう者もいる。人の身体というのは、己の許容できる痛みをこえたとき、自ら死を選ぶこともあるのだ。

治療中に患者が死ぬ。これほどきついことはない。

外科、外道を標榜《ひょうぼう》する医師にとって、患者の痛みをなくす効果のある薬は、まさに千金の値打ちがあった。

「さきほどの口調からすると、矢切先生もその宝水をお使いになった経験がおありのようでござるが」

鋭く富山が追及してきた。

「……杉本忠恵先生より、ちょうだいいたしました」

苦い顔で良衛は認めた。

「お持ちだと。多少でもお分け願えまいか」

「それが……」

良衛はうつむいた。

「盗まれてしまったのでございまする」

「……盗まれた」

富山の口調が変わった。

「さようでござる。鍵《かぎ》のかかる薬簞笥《だんす》に仕舞っておりましたところ、盗賊め、金目のものと勘違いしたのか、持ち去ってしまいました」

「盗賊が薬などを奪いましょうや」

明らかに富山が疑いの目を向けていた。

「持ち去られたのは事実でござる。いただいてから、たった一度しか使わなかったというに……」

良衛は唇の端を噛《か》んだ。

宝水と名付けた南蛮薬を盗んだのは、弟子として入りこんでいた吉沢《よしざわ》という男であった。しかし、弟子に持ち去られたなどというのは、あまりに恥であった。

盗みをするような品性下劣さを見抜けなかった、すなわち人を見る目がないということになる。人を見抜けぬ者が、患者を診てその苦しみを除《の》けるなどできようはずもない。医師としての資質を疑われかねない失態であった。

「………」

富山が黙った。

「………」

それをいいことに、良衛は富山から書物へと目を戻した。

「では、これで」

出島の橋を渡ったところで、良衛は富山、大野と別れた。

「大野どのよ」

去っていく良衛の姿が、辻《つじ》を曲がって見えなくなったところで富山が、隣の大野へ話しかけた。

「どう思う」

「薬のことでございますな」

通詞は商取引に立ち会うことが多い。顧客の求めていることをすぐに理解できないようでは、仕事にならなかった。

「盗まれたなどあるか」

「ございますまいなあ。長崎でもお医師の屋敷に盗人《ぬすっと》が入ったという話はありますが、薬を盗まれたという被害は聞いたことがございませぬ」

大野が首を横に振った。

「ということは……」

「南蛮渡来の貴重薬を他人に渡したくない……その薬を使うことで得られる名声を独占したい」

「狭量な。愚昧の患家を奪っておきながら、その対応か。詫びとして薬を献上してこそ、礼儀が成りたとうに」

富山が怒りを露《あら》わにした。

「大野どのよ。一つお願いがござる。もちろん、お礼は別途用意させていただく」

「先生のお願いとあれば、なんなりと」

金を払ってくれる人物こそ、主である。大野が小腰を屈《かが》めた。

「商館長との会話を、ゆがめてやっていただけぬか」

「違うように伝えればよろしいので」

「いかにも。お願いできるか」

確認した大野に、富山が首肯した。

「……富山先生のご依頼でござれば」

わざと一拍の間を空けて、大野が引き受けた。

「……ふん。まちがえた知識を摑《つか》んで帰るがいい。江戸で恥を掻《か》け」

吐き捨てるように言って富山が笑った。


大急ぎで長崎に戻った福岡藩黒田家長崎警固添役の顔色は蒼白《そうはく》であった。

「……まことであったか」

顔を見ただけで、警固頭が事情を吞《の》みこんだ。

「疑うなどもってのほかと、厳しくお叱りをうけましてございまする」

添役が報告した。

「…………」

警固頭が腕を組んだ。

「頭どの」

じっと瞑目《めいもく》している警固頭に、添役が待ちきれなくなった。

「幕府お医師を闇討ちにせよなど、執政衆はなにを考えておられるのか」

目を開けた警固頭が、嘆息した。

「だが、藩の命とあれば、いたしかたない」

「では……」

添役が固唾《かたず》を呑んだ。

「千種《ちぐさ》と曽根《そね》……念のために南条《なんじょう》、肥田《ひだ》も出すか。四人を呼んでくれ」

「そんなにも要りましょうや。四人とも剣術では藩でも知られた腕でございまする。医者ていど、二人もおれば片づきましょう。数が多くなれば、目立ちまする。長崎奉行に目を付けられても困りまする」

添役が歳嵩らしい意見を述べた。

「目立つかあ……」

警固頭が思案した。

「それよりも任の失敗のほうが怖いな。医者を殺すところを見られないかぎり、ごまかしようはいくらでもある。それよりも失敗のほうが怖ろしい」

警固頭が決断した。

「……わかりましてございまする」

名指しされた藩士たちを呼ぶために、添役が立ちあがった。

平戸屋志摩《しま》右衛門《えもん》は、長崎奉行川口宗恒の呼び出しに応じた。

「お呼びとうかがいました」

長崎奉行所内玄関をあがった正面右、長崎奉行が職務をおこなう書院の隣にある小部屋で平戸屋は手をついた。

「忙しいところを悪いの」

相手は長崎を代表する豪商である。川口の口調はていねいであった。

「前々から申し出ていた会所のことだが」

「お許しをいただけますので」

ぐっと平戸屋が身を乗り出してきた。

会所は長崎の商人たちの望みであった。海外との交易はかなりの儲けが出る。儲かるところに人は集まり、問題が起こりやすくなった。交易品の奪い合い、詐欺、暴力、いろいろなことがあり、ほぼ無秩序な状態であった。

「執政衆のご判断を仰がねばならぬが、儂としては妥当であると判断しておる」

川口宗恒が首肯した。

「ありがとう存じまする」

平戸屋が礼を述べた。

「ただし、会所は御上が作るものではない。長崎の町人たちで設立し、運営いたせ」

「承知いたしておりまする」

すべての雑用、人、費用の負担を言われたが、幕府から一々口出しされるよりははるかにましであった。平戸屋は喜んで認めた。

「もちろん、会所の設立を認めるのだ。応分の運上は献上せねばならぬぞ」

しっかり上納金は出せと川口が求めた。

「いかほど……」

「勘定奉行どのがお考えになるであろう」

窺うような顔をした平戸屋に、川口は首を横に振った。

「わかりましてございまする。早速に発起人を集めまして、話し合いを始めさせていただきまする」

平戸屋が一礼した。

「ああ、待て」

帰ろうとした平戸屋を川口が制した。

「なんでございましょう」

平戸屋が腰を据えなおした。

「先日からの抜け荷騒ぎだがの」

「……たいへんなことでございました」

来たかと平戸屋が緊張した。

「儂の調べたところによるとな。帆柱に紅《あか》い布が巻き付いていた船には、奉行所の検めが入っていないようなのだ」

「それは、わたくしどもではわかりかねまする。与力の前埜さまにお訊きになられたほうがよろしいのではございませぬか」

平戸屋は首をかしげた。

「おぬしの持ち船ではなかったか」

「あいにく、わたくしは持ち船に紅い布が巻いてあるかどうかはわかりかねまする。船のことは番頭に任せておりまして」

平然と平戸屋が応じた。

「そうか。会所のことを一任しようかと思っている平戸屋におかしな噂が立っては、会所設立の話に支障がでるからの。一応訊いてみただけじゃ。立ちあがれば、長崎における交易一切を預かる会所だ。金も動く、儲けも大きかろう。その会所の筆頭役に、あやしげな者を据えるわけにはいかぬでな」

「……お気遣いありがとうございます」

平戸屋が硬い声を出した。

川口は、平戸屋がなにをして、与力たちがどう応じたかを知っていた。それくらい見抜けないようでは、長崎奉行という難しい役職は務まらない。川口は、平戸屋に灸《きゅう》を据えたのであった。

「そうだ。平戸屋。一つ頼まれてくれぬかの」

「なんでございましょう。お奉行さまのお申し付けとあれば、なんなりと」

川口の言葉に、平戸屋が愛想をよくした。

「じつは江戸から幕府寄合医師が、遊学に来ておるのだが」

「延命寺さまに滞在中のお方でございますな」

「ほう、よく知っている」

川口が驚いた。

「評判でございますから」

「……評判」

「名医だと。丸山の引田屋の女将が、べた褒めでございました」

平戸屋も引田屋の馴染み客、それも、上客中の上客である。女将が挨拶《あいさつ》に出て、座持ちをしなければならない。

「なるほどの。たしかに、その辺りの凡百とは違うと思ったが、もう、それほどの評判を取っておるか」

川口が感心した。

「そのお方になにが」

平戸屋が話を戻した。

「和蘭陀の医術書が手に入らぬか。じつは、あの医師が長崎に来たとき、診てもらっての。その薬料を支払っておらぬのだ」

「お奉行さまから、薬料をいただこうなどと考える者はおりませぬ」

平戸屋が手を左右に振った。

「だからといって、なにもせぬわけにもいくまい。相手は寄合医師ぞ。長崎奉行は、礼もよこさぬなどと江戸で言われては恥であろう」

医師というのは、たいした者ではないと思っていても、どこでどう権門と繋《つな》がっているかわからない。ただの町医者だと思って甘く見ていると、患者に老中の用人がいるなどもままある。役人にとって医者ほど扱いに困るものはいなかった。

「わかりましてございまする。医書を用意させていただきまする」

「頼んだぞ。ご苦労であった」

これで用はすんだと、川口が平戸屋を帰した。

立山館《たてやまかん》と呼ばれる奉行所を出た平戸屋は、坂道を下りながら独りごちた。

「あきらかに目をつけられましたねえ」

平戸屋が苦笑した。

「お奉行さまは一年交替、さらに数年で替わってしまうので、あまり縁がなく、金を遣っていませんでしたが……会所のこともありますしねえ。少し渡しますか。会所の頭取になるための経費だと思えば、安いもの」

小さく平戸屋が笑った。

「それにしても、お奉行さまからも気にかけてもらう、医者か。ふむ」

「幕府医師というのも使えますかね。恩を売っておいても、損はないだろう。どれ医書を探させますか」

平戸屋が思案をまとめた。

幕府医師を襲わせる。闇討ちをしろと配下たちに命じた警固頭は、その代償にと金を四人の刺客に与えた。

「英気を養って来い」

そう言われた、単身で長崎に赴任してきている男たちが向かうところは、丸山しかなかった。

「二両もあるぞ」

四人が顔を見合わせた。

一両あれば、家族四人が一ヵ月喰《く》える。武家の奉公人でもっとも下になる若党が、一年で三両二人扶持《ぶち》なのだ。二両はかなりの金額といえた。

「どうだろう。この金で三日居続けるより、一日引田屋でよき妓《ぎ》をあげぬか」

国元に妻子のある曽根が提案した。

「しかし、一度だけというのは……」

独り身で、そうそう遊郭にも通えない南条が渋った。

「安い女ならば、いつでも買えよう。お頭は英気を養えと言われたのだ。いい女と一夜を過ごし、その勢いで明日、延命寺に討ち入ろうではないか」

もっとも剣の腕が立つ千種が曽根に同意した。

「だの。こんなときでもなければ、生涯引田屋の客になることなどないぞ。後学のためにもいいじゃないか」

最後に肥田も賛成した。

「わかった。従おう」

渋っていた南条が折れた。

「初めてなのだが」

引田屋の暖簾《のれん》を潜った曽根が、出迎えに来た男衆に告げた。

「ご予約はいただいておりませぬか……しばし、お待ちを」

男衆が奥へ引っこんだ。

「お料理は用意がございませんので、お出しできませんが」

戻ってきた男衆が申しわけなさそうに言った。

「かまわぬ。酒と妓があればよい」

千種が述べた。

名見世とはいえ、引田屋は遊女屋である。二階の座敷で宴席をというならば、予約なしでは決して客を受けないが、一階の大広間を枕屛風《びょうぶ》で仕切っただけの端女郎《はしたじょろう》までは、格式張ったことは言わなかった。

「最初、四人と妓で酒を酌み交わしたい。どこか小座敷はないか」

「では、部屋の隅を衝立《ついたて》で仕切りますので、そこで」

「部屋はないのか」

「あいにく、本日はすべて埋まっておりまする」

個室の用意をせよといった南条に、男衆ができないと告げた。

「南条、無理を言っているのは、こちらだ。おい、これだけしかない。これで明日の朝まで頼めるか」

世慣れた曽根が、持ち金のすべてを男衆に渡した。

「へい。たしかにお預かりいたしやした。今、用意をいたしますので、どうぞ、それまでの間、そこの控えにおりまする妓から、お好みをお選びくださいませ」

衝立による仕切をするため、男衆が離れていった。

「その部屋にいる妓ならば、どれでもよいのだな」

南条が早速、控え室を覗きこんだ。

「待て。拙者が最初に」

千種も続いた。

「若いの」

「妓は逃げぬぞ」

曽根と肥田が笑いながら、顔を見合わせた。

「では、お酒と肴《さかな》の用意が整っておりまする。床入りなさいますならば、この仕切から向こう四つが、お客さまがたの……」

最後まで言わず、男衆がさがった。

「では、杯に酒を注いでくれ」

千種が選んだ妓に杯を突きだした。

「拙者も」

四人の杯に、酒が満たされた。

「成功を祈って、干そうぞ」

「我らの武に」

酒盛りが始まった。

引田屋は黙って股《また》を開くだけの安女郎を置いてはいない。端女郎とはいえ、酒席の座持ちはできた。

「二両だけではいささか、少のうございませぬかの」

酔った千種が文句を言い出した。

「こら、そのようなことを口にしてはいかぬぞ。頭も気を遣ってくださったのだ」

曽根がたしなめた。

「矢切某などという……」

「千種」

肥田が途中で遮った。

「むぅう」

不満そうな顔で千種が黙った。

「おい、悪いがこいつを床へ連れていってやれ」

曽根が千種の隣で片口を持っている妓に声をかけた。

「あいあい。旦那さま、参りましょう」

妓が千種を揺さぶった。

「おうよ。今から一戦じゃあ」

千種が大声をあげながら、妓に運ばれていった。

「腕は立つが、酒に弱いの」

曽根が嘆息した。

「旦那さま、お着物を」

仕切の手前で、妓が千種の衣服を脱がせた。

「おう」

千種が仁王立ちし、袴《はかま》の紐を解かせた。

「……来い」

小袖《こそで》を脱いだ千種が、妓を押し倒した。

「あら」

妓が笑って、男を受け入れた。

酒が入ったうえで、女を抱く。ひとしきりの行為を終えた千種は、前後不覚に近い状態で眠っていた。

「いつまで乗ってるんだい」

妓が眠りこけている千種を身体の上から落とした。

「まったく、一度で寝てくれたから、まだいいけど。侍は荒いから嫌」

股間《こかん》によく揉み込んだ紙を当てて、後始末をしながら妓がぼやいた。

「それよりも……矢切と言った。矢切なんて珍しいお名前、女将さんが行かれたお医者さましかいないはず」

一度の診療でかなり症状が好転した女将は、良衛の名前を広めている。見世の妓たちに至っては、何度も聞かされる羽目になっていた。

「男の影さえなかった女将さんのお気に入り。もし、なんかあっては大変だ」

枕屛風は、座れば腰から下を隠すていどしかない。妓は寝転がったままで身形《みなり》を見られるていどに整えた。

「お報せしなきゃいけないねえ」

妓がつぶやいた。

引田屋の女将は、一階の奥で起居していた。

「女将さん」

遊女屋の女将の就寝は遅い。客が寝入るまで夜具に入ることはできなかった。もし、客から呼び出されるようなことになったとき、寝間着で行くわけにはいかないし、着替えで手間取ってもよくない。どちらも客を怒らせかねなかった。

「その声は……おたきかい」

女将が確認した。

「はい。ちとお話が」

「お客さまがお呼び……」

夜中に妓が訪ねてくるのは、まずまちがいなく客とのもめ事であった。対応が悪いだとか、客より先に寝付いただとか、ひどいときは閨技《ねやわざ》が下手で満足できないなどという苦情を言われるときもあった。

「いいえ」

「入っておお出で」

女将がおたきを招き入れた。

「じつは……」

おたきが酒席からの話をした。

「成功。武、二両では安い。矢切……」

おたきが話した重要な言葉を、女将は繰り返した。

「……先日も矢切さまは襲われた」

三造が丸山遊郭に助けを求めたことで、良衛が船乗りと争った一件は女将の知るところとなっていた。

「その侍たちは初会かい」

「はい」

問われたおたきが答えた。

「ああ。明日は五つ（午前八時ごろ）に見世を出るとも」

おたきが睦言《むつごと》のついでに訊き出した情報を語った。

「五つ……ごくろうだったね。お礼は後でするからね」

「いえ。では、戻りまする」

おたきがさがった。

「明日の朝では遅い。逃げ出すなら早いほうがいい」

表情を険しくした女将が、見世を出て闇夜へと駆けだした。

本書は書き下ろしです。

表《おもて》御《ご》番《ばん》医《い》師《し》診療禄《しんりようろく》7

研鑽《けんさん》

上田《うえだ》秀人《ひでと》

平成28年 2月25日　初版発行

発行者●郡司 聡

発行●株式会社KADOKAWA
〒102-8177　東京都千代田区富士見2-13-3
電話 0570-002-301（カスタマーサポート・ナビダイヤル）
受付時間 9:00〜17:00（土日 祝日 年末年始を除く）
http://www.kadokawa.co.jp/

角川文庫 19615

印刷所●株式会社暁印刷　製本所●本間製本株式会社

表紙画●和田三造

ISBN978-4-04-103891-8　C0193

角川文庫発刊に際して

角川源義

第二次世界大戦の敗北は、軍事力の敗北であった以上に、私たちの若い文化力の敗退であった。私たちの文化が戦争に対して如何に無力であり、単なるあだ花に過ぎなかったかを、私たちは身を以て体験し痛感した。西洋近代文化の摂取にとって、明治以後八十年の歳月は決して短かすぎたとは言えない。にもかかわらず、近代文化の伝統を確立し、自由な批判と柔軟な良識に富む文化層として自らを形成することに私たちは失敗して来た。そしてこれは、各層への文化の普及滲透を任務とする出版人の責任でもあった。

一九四五年以来、私たちは再び振出しに戻り、第一歩から踏み出すことを余儀なくされた。これは大きな不幸ではあるが、反面、これまでの混沌・未熟・歪曲の中にあった我が国の文化に秩序と確たる基礎を齎らすためには絶好の機会でもある。角川書店は、このような祖国の文化的危機にあたり、微力をも顧みず再建の礎石たるべき抱負と決意とをもって出発したが、ここに創立以来の念願を果すべく角川文庫を発刊する。これまで刊行されたあらゆる全集叢書文庫類の長所と短所とを検討し、古今東西の不朽の典籍を、良心的編集のもとに、廉価に、そして書架にふさわしい美本として、多くのひとびとに提供しようとする。しかし私たちは徒らに百科全書的な知識のジレッタントを作ることを目的とせず、あくまで祖国の文化に秩序と再建への道を示し、この文庫を角川書店の栄ある事業として、今後永久に継続発展せしめ、学芸と教養との殿堂として大成せんことを期したい。多くの読書子の愛情ある忠言と支持とによって、この希望と抱負とを完遂せしめられんことを願う。

一九四九年五月三日

角川文庫ベストセラー

切開 表御番医師診療録1 上田秀人

表御番医師として江戸城下で診療を務める矢切良衛。ある日、大老堀田筑前守正俊が若年寄に殺傷される事件が起こり、不審を抱いた良衛は、大目付の松平対馬守と共に解決に乗り出すが……。

縫合 表御番医師診療録2 上田秀人

表御番医師の矢切良衛は、大老堀田筑前守正俊が斬殺された事件に不審を抱き、真相解明に乗り出すも何者かに襲われてしまう。やがて事件の裏に隠された陰謀が明らかになり……。時代小説シリーズ第二弾！

解毒 表御番医師診療録3 上田秀人

五代将軍綱吉の膳に毒を盛られるも、未遂に終わる。表御番医師の矢切良衛は事件解決に乗り出すが、それを阻むべく良衛は何者かに襲われてしまう……。書き下ろし時代小説シリーズ、第三弾！

悪血 表御番医師診療録4 上田秀人

御広敷に務める伊賀者が大奥で何者かに襲われた。表御番医師の矢切良衛は将軍綱吉から命じられ江戸城中から御広敷に異動し、真相解明のため大奥に乗り込んでいく……書き下ろし時代小説シリーズ、第4弾！

摘出 表御番医師診療録5 上田秀人

将軍綱吉の命により、表御番医師から御広敷番医師に職務を移した矢切良衛は、御広敷伊賀者を襲った者を探るため、大奥での診療を装い、将軍の側室である伝の方へ接触するが……書き下ろし時代小説第5弾。

角川文庫ベストセラー

往診
表御番医師診療禄6
上田秀人

大奥での騒動を収束させた矢切良衛は、御広敷番医師から、寄合医師へと出世した。将軍綱吉から褒美として医術遊学を許された良衛は、一路長崎へと向かう。だが、良衛に次々と刺客が襲いかかる——。

神々に告ぐ（上）（下）
戦国秘譚
安部龍太郎

戦国の世、将軍・足利義輝を助け秩序回復に奔走する関白・近衛前嗣は、上杉・織田の力を借りようとする。その前に、復讐に燃える松永久秀が立ちふさがる。彼の狙いは？　そして恐るべき朝廷の秘密とは——。

彷徨える帝（上）（下）
安部龍太郎

室町幕府が開かれて百年。二つに分かれていた朝廷も一つに戻り、旧南朝方は逼塞を余儀なくされていた。幕府を崩壊させる秘密が込められた能面をめぐり、旧南朝方、将軍義教、赤松氏の決死の争奪戦が始まる！

浄土の帝
安部龍太郎

末法の世、平安末期。貴族たちの抗争は皇位継承をめぐる骨肉の争いと結びつき、鳥羽院崩御を機に戦乱の炎が都を包む。朝廷が権力を失っていく中、自らの存在意義を問い理想を追い求めた後白河帝の半生を描く。

天下布武（上）（下）
夢どの与一郎
安部龍太郎

信長軍団の若武者・長岡与一郎は、万見仙千代、荒木新八郎ら仲間に支えられ明智光秀の娘・玉を娶る。大航海時代、イエズス会は信長に何を迫ったのか？　信長の夢に隠された真実を新視点で描く衝撃の歴史長編。

角川文庫ベストセラー

人斬り半次郎（幕末編）　池波正太郎

姓は中村、鹿児島城下の藩士に〈唐芋〉とさげすまれる貧乏郷士の出ながら剣は示現流の名手、精気溢れる美丈夫で、性剛直。西郷隆盛に見込まれ、国事に奔走するが……。

人斬り半次郎（賊将編）　池波正太郎

中村半次郎、改名して桐野利秋。日本初代の陸軍大将として得意の日々を送るが、征韓論をめぐって新政府は二つに分かれ、西郷は鹿児島に下った。その後を追う桐野。刻々と迫る西南戦争の危機……。

にっぽん怪盗伝　新装版　池波正太郎

火付盗賊改方の頭に就任した長谷川平蔵は、迷うことなく捕らえた強盗団に断罪を下した！　その深い理由とは？「鬼平」外伝ともいうべきロングセラー捕物帳全12編が、文字が大きく読みやすい新装改版で登場。

堀部安兵衛（上）（下）　池波正太郎

十四歳の中山安兵衛は、路上であった山伏に「剣の道に進めば短命」と宣告される。果たして、父の無念の切腹という凶事にみまわれ、安兵衛の運命は大きく変わってゆくが……。

近藤勇白書　池波正太郎

池田屋事件をはじめ、油小路の死闘、鳥羽伏見の戦いなど、「誠」の旗の下に結集した幕末新選組の活躍の跡を克明にたどりながら、局長近藤勇の熱血と豊かな人間味を描く痛快小説。

角川文庫ベストセラー

西郷隆盛　池波正太郎

近代日本の夜明けを告げる激動の時代、明治維新に偉大な役割を果たした西郷隆盛。その半世紀の足取りを克明に追った伝記小説であるとともに、西郷を通して描かれた幕末維新史としても読みごたえ十分の力作。

炎の武士　池波正太郎

戦国の世、各地に群雄が割拠し天下をとろうと争っていた。三河の国長篠城は武田勝頼の軍勢一万七千に包囲され、ありの這い出るすきもなかった……悲劇の武士の劇的な生きざまを描く。

卜伝最後の旅　池波正太郎

諸国の剣客との数々の真剣試合に勝利をおさめた剣豪塚原卜伝。武田信玄の招きを受けて甲斐の国を訪れたのは七十一歳の老境に達した春だった。多種多彩な人間を取りあげた時代小説。

戦国と幕末　池波正太郎

戦国時代の最後を飾る数々の英雄、忠臣蔵で末代まで名を残した赤穂義士、男伊達を誇る幡随院長兵衛、そして幕末のアンチ・ヒーロー土方歳三、永倉新八など、ユニークな史観で転換期の男たちの生き方を描く。

賊将　池波正太郎

西南戦争に散った快男児〈人斬り半次郎〉こと桐野利秋を描く表題作ほか、応仁の乱に何ら力を発揮できない足利義政の苦悩を描く「応仁の乱」など、直木賞受賞直前の力作を収録した珠玉短編集。

角川文庫ベストセラー

闇の狩人 (上)(下)　池波正太郎

盗賊の小頭・弥平次は、記憶喪失の浪人・谷川弥太郎を刺客から救う。時は過ぎ、江戸で弥太郎と再会した弥平次は、彼の身を案じ、失った過去を探ろうとする。しかし、二人にはさらなる刺客の魔の手が……。

忍者丹波大介　池波正太郎

関ヶ原の合戦で徳川方が勝利をおさめると、激変する時代の波のなかで、信義をモットーにしていた甲賀忍者のありかたも変質していく。丹波大介は甲賀を捨て一匹狼となり、黒い刃と闘うが……。

俠客 (上)(下)　池波正太郎

江戸の人望を一身に集める長兵衛は、「町奴」として、つねに「旗本奴」との熾烈な争いの矢面に立っていた。そして、親友の旗本・水野十郎左衛門とも互いは心で通じながらも、対決を迫られることに——。

武田家滅亡　伊東潤

戦国時代最強を誇った武田の軍団は、なぜ信長の侵攻からわずかひと月で跡形もなく潰えてしまったのか？　戦国史上最大ともいえるその謎を、本格歴史小説界の俊英が解き明かす壮大な歴史長編。

山河果てるとも　天正伊賀悲雲録　伊東潤

「五百年不乱行の国」と謳われた伊賀国に暗雲が垂れ込めていた。急成長する織田信長が触手を伸ばし始めたのだ。国衆の子、左衛門、忠兵衛、小源太、勘六の4人も、非情の運命に飲み込まれていく。歴史長編。

角川文庫ベストセラー

赤まんま
髪ゆい猫字屋繁盛記
今井絵美子

木戸番のおすえが面倒をみている三兄妹の末娘、まだ4歳のお梅が生死をさまよう病にかかり、照降町の面面は、ただ神に祈るばかり——。生きることの切なさ、ままならなさをまっすぐ見つめる人情時代小説第5弾。

雁渡り
照降町自身番書役日誌
今井絵美子

日本橋は照降町で自身番書役を務める喜三次が、理由あって武家を捨て町人として生きることを心に決めてから3年。市井に生きる庶民の人情や機微、暮らし向きを端正な筆致で描く、胸にしみる人情時代小説！

寒雀
照降町自身番書役日誌
今井絵美子

刀を捨て照降町の住人たちとまじわるうちに心が通じ合い、次第に町人の顔つきになってきた喜三次。そんな自分に好意を抱いてくれるおゆきに対して憎からず思うものの、過去の心の傷が二の足を踏ませて……。

虎落笛《もがりぶえ》
照降町自身番書役日誌
今井絵美子

市井の暮らしになじみながらも、武士の矜持を捨てきれず、心の距離に戸惑うこともある喜三次。悩みや問題を抱えながら、必死に毎日を生きようとする市井の人々の姿を描く胸うつ人情時代小説シリーズ第3弾！

夜半の春
照降町自身番書役日誌
今井絵美子

盗みで二人の女との生活を立てていた男が捕まり晒刑に。残された家族は……江戸の片隅でひっそりと生きる男と女、父と子たち……庶民の心の哀歓をやわらかな筆で描く、大人気時代小説シリーズ、第四巻！

角川文庫ベストセラー

運命のひと
姫は、三十一6
風野真知雄

〈謎解き屋〉を開業中の静湖姫にまた奇妙な依頼が。長屋に住む八世帯が一夜で入れ替わった謎を解いてくれというのだ。背後に大事件の気配を感じ、姫は張り切って謎に挑む。一方、恋の行方にも大きな転機が!?

月に願いを
姫は、三十一7
風野真知雄

静湖姫は、独り身のままもうすぐ32歳。そんな折、ある藩の江戸上屋敷で藩士100人近くの死体が見付かる。調査に乗り出した静湖が辿り着いた意外な真相とは？　そして静湖の運命の人とは!?　衝撃の完結巻！

西郷盗撮
剣豪写真師・志村悠之介
風野真知雄

元幕臣で北辰一刀流の達人の写真師・志村悠之介は、ある日「西郷隆盛の顔を撮れ」との密命を受ける。鹿児島に潜入し西郷に接近するが、美しい女写真師、人斬り半次郎ら、一筋縄ではいかぬ者たちが現れ……。

鹿鳴館盗撮
剣豪写真師・志村悠之介
風野真知雄

写真師で元幕臣の志村悠之介は、幼なじみの百合子と再会する。彼女は子爵の夫人となり鹿鳴館の華といわれていた。逢瀬を重ねる2人は鹿鳴館と外交にまつわる陰謀に巻き込まれ……大好評〝盗撮〟シリーズ！

ニコライ盗撮
剣豪写真師・志村悠之介
風野真知雄

来日中のロシア皇太子が襲われるという事件が勃発。襲撃現場を目撃した北辰一刀流の達人にして写真師の志村悠之介は事件の真相を追うが……日本中を震撼させた大津事件の謎に挑む、長編時代小説。

角川文庫ベストセラー

四十郎化け物始末1
妖かし斬り　風野真知雄

四十郎化け物始末2
百鬼斬り　風野真知雄

四十郎化け物始末3
幻魔斬り　風野真知雄

猫鳴小路のおそろし屋　風野真知雄

新選組血風録　新装版　司馬遼太郎

鳥につきまとわれているため〝からす四十郎〟と綽名される浪人・月村四十郎。ある日病気の妻の薬を買うため、用心棒仲間も嫌がる化け物退治を引き受ける。油問屋に巨大な人魂が出るというのだが……。

借金返済のため、いやいやながらも化け物退治を引き受けるうちに有名になってしまった浪人・月村四十郎。ある日そば屋に毎夜現れる閻魔を退治してほしいとの依頼が……人気著者が放つ、シリーズ第2弾！

礼金のよい化け物退治をこなしても、いっこうに借金の減らない四十郎。その四十郎にまた新たな化け物退治の依頼が舞い込んだ。医院の入院患者が、一夜にして骸骨になったというのだ。四十郎の運命やいかに！

江戸は新両替町にひっそりと佇む骨董商〈おそろし屋〉。光圀公の杖は四両二分……店主・お縁が売る古い品には、歴史の裏の驚愕の事件譚や、ぞっとする話がついてくる。この店にもある秘密があって……？

勤王佐幕の血なまぐさい抗争に明け暮れる維新前夜の京洛に、その治安維持を任務として組織された新選組。騒乱の世を、それぞれの夢と野心を抱いて白刃とともに生きた男たちを鮮烈に描く。司馬文学の代表作。

角川文庫ベストセラー

北斗の人　新装版　司馬遼太郎

剣客にふさわしからぬ含羞と繊細さをもった少年は、北斗七星に誓いを立て、剣術を学ぶため江戸に出るが、なお独自の剣の道を究めるべく廻国修行に旅立つ。北辰一刀流を開いた千葉周作の青年期を爽やかに描く。

豊臣家の人々　新装版　司馬遼太郎

貧農の家に生まれ、関白にまで昇りつめた豊臣秀吉の奇蹟は、彼の縁者たちを異常な運命に巻き込んだ。平凡な彼らに与えられた非凡な栄達は、凋落の予兆となる悲劇をもたらす。豊臣衰亡を浮き彫りにする連作長編。

司馬遼太郎の日本史探訪　司馬遼太郎

歴史の転換期に直面して彼らは何を考えたのか。動乱の世の名将、維新の立役者、いち早く海を渡った人物など、源義経、織田信長ら時代を駆け抜けた男たちの夢と野心を、司馬遼太郎が解き明かす。

尻啖え孫市（上）（下）　新装版　司馬遼太郎

織田信長の岐阜城下にふらりと現れた男。真っ赤な袖無羽織に二尺の大鉄扇、日本一と書いた旗を従者に持たせたその男こそ紀州雑賀党の若き頭目、雑賀孫市。無類の女好きの彼が信長の妹を見初めて……痛快長編。

乾山晩愁　葉室　麟

天才絵師の名をほしいままにした兄・尾形光琳が没して以来、尾形乾山は陶工としての限界に悩む。在りし日の兄を思い、晩年の「花籠図」に苦悩を昇華させるまでを描く歴史文学賞受賞の表題作など、珠玉5篇。